두근두근
내 일상의 소확행

두근두근
내 일상의 소확행

초판 1쇄 인쇄 | 2021년 7월 9일
초판 1쇄 발행 | 2021년 7월 16일

지은이 | 이현경
펴낸이 | 박영욱
펴낸곳 | 깊은나무

편 집 | 권기우
마케팅 | 최석진
디자인 | 서정희 · 민영선
SNS마케팅 | 박현빈 · 박가빈

주 소 | 서울시 마포구 월드컵로 14길 62
이메일 | bookocean@naver.com
네이버포스트 | post.naver.com/bookocean
페이스북 | facebook.com/bookocean.book
인스타그램 | instagram.com/bookocean777
전 화 | 편집문의: 02-325-9172 영업문의: 02-322-6709
팩 스 | 02-3143-3964

출판신고번호 | 제 2013-000006호

ISBN 978-89-98822-90-3 (03810)

오늘도 행복을 1mm 적립했습니다

두근두근 내 일상의 소확행

이현경 지음

깊은 나무

프롤로그

인생은 경쟁 대신 업그레이드

중3 때 우리 반으로 전학 온 예쁘장한 여자아이가 나를 경쟁상대로 삼았다.

경쟁이나 맞대결을 별로 좋아하지 않는 나는 경쟁의식이라는 걸 처음 경험하니 적잖이 당황스러웠다. 내 일거수일투족이 그 아이의 힐끔거리는 시선에 감시당하는 것 같아 불편하고 부자연스러웠다. 나도 덩달아 그 아이를 의식하느라 온통 신경이 쓰여서 오히려 내가 해야 할 바에 집중하지 못해 진검승부 한번 제대로 내보지 못한 채 지레 무너지고 말았다.

그래서 고3 때 1등에 한참 뒤처진 2등이라는 내 입지가 무척 평안했다. 우리 반은 성적이 우수한 학생 수가 상대적으로 적어 3등도 2등과는 격차가 컸다. 수험생 스트레스에 반 등수까지 연연했다면 나는 아마 대입시험 날까지 견디지도 못했을 것이다. (지금도 그때 반 1등과는 가끔 만나 밥 한끼 먹는 사이다.)

경쟁을 싫어하는 나의 성향은 경쟁에 초연하거나 관심이 없어서가 아니다. 그건 질까봐, 초초해져서 제 페이스마저 잃게 될까봐 미리 피하는 편에 가까웠다. 학창시절 경쟁에 대한 두려움과 회피는 사회생활로 이어져, 경쟁심이 없는 이미지로 의도치 않게 흘러갔다. 프로의 세계에서 욕심이 없다는 건 꼭 좋은 의미만은 아니었다.

내가 스포츠 중계 때문에 전국 방방곡곡 고속버스를 타고 다니며 저렴한 숙소를 택했어도, 아이 낳은 지 3주 만에 유축기를 10kg 캐리어에 싸들고 다니며 격주 방송 녹화를 해도, 인사고과는 내 입장에서만큼은 늘 박하고 짰다. (지금은 출산휴가 제도가 엄격해 큰일 날 일이다.)

나중에야 힘들다고 생색을 내며 동료들과 잡담도 허물없이 나누는 사이가 되었지만. 지나고 보니 나의 소통능력이 부족해서였음을 깨달았다. 둔감하고 내성적인, 타고난 성향을 바꾸기는 힘들어도 마음을 조금씩 열려고 애썼더니 이유 없이 가슴이 먹먹하거나 무기력하고 공허한 느낌이 상당 부분 해소되었다. 그리고 필연적으로 열등감을 느껴야 하는 남과의 경쟁보단 나를 다독이고 키우는 데 집중하기 시작했다.

피 튀기는 레드오션에서
피 말리는 남과의 경쟁에 지쳤다면,
이제 청청한 블루오션에서
오롯이 나랑 맞붙어보는 건 어떨까?
경쟁 말고 업그레이드.
사실은 남보다 나를
더 극복하기 어렵다는 거.
그래도 남보다 내가

어르고 달래긴 수월하다는 거.

책읽기, 운동, 산책, 동호회 활동, 글쓰기, 연금테크.

날마다 1mm씩 업그레이드로

틈틈이 자존감 업데이트하기.

이제 남들이 인정해줘야 하는 성공 대신,

내가 먼저 알아봐주는 성과,

내가 나에게 대견하다 박수쳐주는 뿌듯함을

함께 느껴봤으면 좋겠다.

(이 모든 소확행의 시작은 코로나19 이전이었음을 미리 알려드린다.)

차 례

CHAPTER 2 틈틈이 짬짬이 사내동호회

CHAPTER 3 가만가만 걷는 길, 산책

CHAPTER 4 놀면 뭐해? 집에서도 사부작사부작

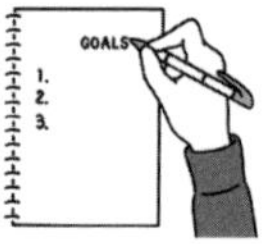

CHAPTER 5 이불 밖은 위험해도 글쓰기는 안전해

CHAPTER 6 급할수록 돌아가자, 연금 테크

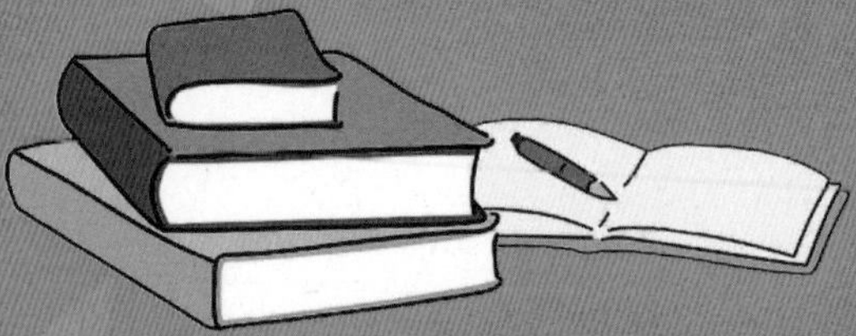

Chapter 1

한쪽 문이 닫혔을 땐 책 읽기

1

토닥토닥 독서

한쪽 문이 닫히면 다른 쪽 문이 열린다

나는 16년 넘게 스포츠 중계를 해왔다. 그중에서도 동계 종목인 피겨는 매년 10월부터 이듬해 3월까지, 6개월씩 꼬박 10년을 넘게 매달렸다. 그동안은 두 번의 하계올림픽과 두 번의 동계올림픽, 그리고 두 번의 아시안게임을 경험하며 세계 여러 곳을 누비는 행운도 누렸다. 감사하게도 여성 중계 캐스터로는 지상파 3사 통틀어 내가 유일했지만 대내외적으로 그다지 큰 의미는 아니었나 보다.

그 일을 그만두는 마지막 순간엔 그래도 “그동안 수고

하셨습니다" 하며 살짝 아쉬움 담은 목소리로 보내주길 바랐다. 하지만 어떻게 입을 떼야 내가 덜 상처를 받을까 꽤 고심했을, 직속 상사의 어색한 통보로 나의 중계 커리어는 심심하게 막을 내렸다.

딱히 무엇을 더 기대하거나 거창한 꿈을 꾼 건 아니었다. 시즌 때마다 밤샘 중계가 힘들었지만 선수들과 한마음으로 응원을 겸할 수 있어서 즐거웠다. 오랫동안 해온 일이라 언젠가는 후배들에게 물려줄 일임을 알고 있었다. 온몸으로 부딪혀 직접 하나하나 익힌 시행착오를 후임자는 조금이나마 덜 아프게 가져가기를 바라는 마음에서 나름대로 알차게 자료를 정리해두기까지 했다. 전임자인 내가 비포장도로를 갈지 자(之)로 엉금엉금 기었다면, 후임자는 비교적 편한 길에서 순탄하게 콧노래 흥얼거리며 걷기를 바랐다. 깔끔하게 인수인계를 하며 혹시나 '박수칠 때 떠나'게 되지 않을까 기대도 했건만 현실은 '떠날 때는 말없이'였다.

무언가 허한 마음을 견딜 수 없었다. 가슴에는 커다란 구멍이 뻥하고 뚫렸다. 그간의 고군분투가, 그만큼 바친 세월들이 아무런 인정도 받지 못한 채 파도에 휩쓸린 모래성처럼 단숨에 사라져버린 것만 같았다. 무척이나 아쉽고 섭섭한 감정을 숨길 수 없었다. 그리고 그 공허함은 두 번의 짧은 여행으로도 채워지지 않았다.

그때 만난 프로그램이 낭독 팟캐스트 〈당신의 서재〉였다. 주로 자기계발, 심리 관련 책들을 읽고 감명 깊은 부분을 발췌해서 읽어내려가는 형식이었다. 때마침 생긴 새로운 일거리를 계기로 책을 읽기 시작했고, 이내 책 읽기에 푹 빠졌다.

읽던 책 중 마음에 와닿은 부분을 밑줄 긋고 페이지 한 귀퉁이를 접어놓았다가 다음날 스튜디오에서 낭독을 했다. 주말이나 연휴 전날에는 출판사에서 보내준 책 서너 권을 종이봉투에 챙겨 들고 퇴근했다. 점점 읽는 속도가 빨라져 휴일이 끝나갈 즈음에는 가져온 책을 다 읽어버리고는 한두 권 더 가져올 걸 그랬나 싶어 입맛을 다셨다.

처음에는 책 협찬받기도 힘들었는데, 점점 여러 출판사에서 보내는 책이 늘어갔다. 가까운 지인이나 대학원 선후배가 책을 냈다고 단체 카톡방에 올리면 적극적으로 책을 보내달라고 요청했다. 그러면서 알게 된 출판사들이 또 계속해서 책을 보내주며 책은 점점 많아졌고, 읽은 책은 쌓이고 쌓여 사무실 책상 위뿐만 아니라 책상 아래쪽도 점령했다. 말 그대로 발 디딜 틈이 없어졌다. 팟캐스트 업로드용 〈당신의 서재〉 파일도 읽은 분량이 너무 많아 내가 읽은 책만 〈현디(현경 디제이의 준말)의 서재〉라는 이름으로 하위 파일에 따로 빼놓았다.

낭독에 쓰일 배경음악도 직접 찾았다. 책 내용에 어울리면서 저작권에 저촉되지 않는 클래식을 고르는 것이 행복한 고민이자 숙제였다. 덕분에 생판 모르던 고전음악도 조금씩 귀에 들어왔다.

지금은 '그래, 내가 중계를 하고 있으면 아마 지금쯤 이렇게 책 읽을 시간도 없었을 거야'라고 스스로를 위로한다. 변덕스런 내 마음은 너무 높은 곳에 열린 포도를 따먹으려고 몇 번 시도하다 포기한, 저 포도는 분명 신 포도일 거라고 자위한 이솝우화의 그 여우 같기도 하다. 하지만 한쪽 문이 닫히면 다른 쪽 문이 열린다며 위안을 삼는 편이 마음은 편하다. 간간이 들려오는 선수들의 수상 소식이 들려와도 마음이 홀가분한 걸 보면 분명 억지는 아니다. 일이 아무리 좋아도 그 일이 내가 될 수 없다는 사실도 다시금 깨달았다.

책이 아니었다면 조금 더 방황을 했을 텐데, 생각보다 빨리 마음을 다잡을 수 있었다. 이제와 돌이켜보면 책을 마치 하늘이 내려주신 마지막 동아줄인 양 매달리고 붙들었던 것 같다. 내가 걸어가던 중계라는 길에 커다란 철문이 닫히자, 비로소 바로 옆에 책이라는 길이 문을 활짝 열어주었다. 게다가 버선발로 뛰어나와 두 팔로 와락 껴안아주기까지 하다니. 이렇게 정겹고 고마울 수가. 책에는 정말 위로의 힘이 있다.

2

두근두근 낭독

낭독은 책을 더 깊게 만든다

앞에서 넋두리한 대로 오랫동안 삶의 큰 부분을 차지했던 일을 더 이상 할 수 없게 되었다. 11년 동안 매해 동계시즌마다 꼬박 중계에 매달렸는데, 이제 일감이 사라졌다. 그동안 애썼다는 말 한마디 못 들은 채 혼자 주섬주섬 갈무리를 했다. 허한 마음이 채워지지 않아 책을 집어 들었고 이내 책 속에 폭 파묻혔다.

마침 책을 읽어주는 팟캐스트 채널을 오픈하던 참이었다. 내가 제작과 낭독을 맡고, 다른 낭독자들의 녹음도 돕기로 했다. 라디오로 치면 PD와 DJ 역할을 겸하는 셈이었다. 평소에는 눈으로만 읽다가 가끔 중요한 대목에 밑줄을 긋고 페이지 귀퉁이를 접어놓는 게 고작이었는데, 방송을 염두에 두고 20분 분량의 발췌독(拔萃讀)을 하려니 조용히 눈으로 훑는 묵독(默讀)과는 다른 세상이 펼쳐졌다.

묵독의 세상에서는 나만 읽고 이해하면 그만이었지만, 낭독(朗讀)의 세계에서는 듣는 사람까지 생각하지 않을 수 없었다. 전부 중요하겠지만 어떤 부분을 읽으면 듣는 분들에게 도움이 될까 조금 다른 관점에서 살폈다. 개인적인 독서에서 타인을 위한 독서로까지 확장된 것이다. 책을 읽고 싶은데 책 읽을 시간이 없는 이들에게 대신 들려준다는 콘셉트의 프로그램이다 보니 주로 동기부여가 되는 자기계발서가 많았다. 다른 사람들에게 어떤 부분을 읽어줄까 고민하고 선택하는 과정에서 목차를 이리저리 살펴보며 궁리가 늘었다. 이왕이면 책 서문의 약간과 중간 부분을 뚝 떼어 읽으면서도 전후좌우 맥락상 바로 이해할 수 있는 부분 위주로 골랐다.

음소거 상태에서 한 가지 감각만 사용해 읽을 때는 몰

랐는데, 입을 달싹거리며 음독(音讀)을 하니 고속도로 주행을 하듯 술술 잘 읽히는 책이 있는가 하면, 덜컹대며 비포장도로를 달리듯 가끔은 매끄럽게 읽히지 않는 책도 있었다. 주로 외서의 번역서가 읽는 데는 어려움이 없으나 낭독을 할 때는 이따금 운율이 어긋났다. 어쩌다 등장하는 번역체의 긴 문장을 단번에 읽기는 쉽지 않았다.

낭독을 하면 여러 장점이 많다. 우선 읽은 책의 내용을 오래 기억하기 좋다. 친구에게 지난 주말에 본 재미있는 영화의 줄거리를 이야기해주면서 내 기억이 정리되듯, 미리 읽어본 책이라도 다시 낭독하면 책 내용이 훨씬 선명해진다.

혼자 읽을 때는 관심이 없었던 프롤로그와 에필로그가 새롭게 읽혔다. 두 부분이 작가가 하고 싶은 이야기의 핵심이라는 사실을 뒤늦게 파악했다. 관심 없던 저자의 삶이 궁금해졌다. 작가는 왜 이런 책을 쓰게 되었을까. 어떤 가정환경에서 나고 자랐을까. 궁금한 마음에 저자가 직접 강의한 영상을 찾아 얼굴과 목소리를 확인해보기도 했다. 글의 결이 고와서, 책 표지가 분홍색이어서, 필명이 예뻐서 여성인 줄 알았던 저자가 실은 남성이라는 걸 알고는 혼자 재미있어 키득댔다. 책이 곧 그 사람이란 우문우답의 소치였다.

그리고 소리내어 읽으면서 책을 한 번 더 곱씹게 되고 이해도 빨라지는 것 같았다. 입으로 읊조리며 꼼꼼히 읽게 되니 틀린 글자를 발견하는 재미도 생겼다. 오타가 좀 많다 싶으면 '마감 기한에 쫓겼구나' 하고 나름대로 저자가 처했을 곤란한 상황을 상상하며 이해를 해본다.

또 하나. 말주변도 좀 느는 것 같다. 오프닝으로 곁들이는 책 소개와 마지막에 덧붙이는 짧은 감상평 덕분이다. 말하면서 생각하느라 중간에 '이, 그, 저, 음……' 등의 뜸을 들이는 경우가 왕왕 있었는데, 책을 낭랑하게 읽으며 이미 머릿속에서 정리된 말들이 바로 튀어나오니 달변까지는 아니더라도 눌변은 벗어난 느낌이다.

오래 굳은 발화습관도 뒤돌아보게 됐다. 청취자 입장에서 방송분을 들어보니 문장 첫머리를 늘 힘차게 시작해 어쩐지 부자연스러웠다. 이제는 조금씩 힘을 빼며 편안히 읽으려 노력 중이다. 읽는 사람이 편해야 듣는 사람도 편할 것이니까.

듣고 읽고 말하기가 좀 된다 싶은 단계를 지나자, 낭독은 자연스럽게 글쓰기로 이어졌다. 책을 읽으면서 그동안 낭독한 책들을 감상평과 함께 기록하기 시작했다. 독서법에 관한 책들이 도움을 줬다. 대부분의 독서법들은 머리로 이해하고, 가슴으로 느끼고, 손으로 적고, 발로 실천하는 독서를 권했다. 나는 입으로 낭독도 하니 남들보다 한 가지를 더 실행할 수 있는 셈이었다.

따지고 보면 우리 선조들은 눈으로만 읽지 않았다. 다 같이 모여 일제히 우렁찬 목소리로 동시에 읊어가며 뜻을 음미했다. 눈과 입과 귀를 동시에 사용하고 몸까지 흔들며 리듬을 탔다. 당연히 잘 외워지고 기억에도 오래 남았을 것이다.

스마트폰이 대세인 요즘은, '시각의 시대'라 손가락 하나로 셔터를 누르고, 짧은 글을 쓰며 목소리를 대신한다. 눈과 손가락은 바쁜데 귀가 놀고 있어서 소통이 불통이 되고, 펜이 놀고 있어 긴 글쓰기가 힘들다.

윤영돈 작가의 《독습》이라는 책을 보면, 책 읽기에는 생각보다 다양한 방법이 있다고 한다. 빨리 읽는 속독(速

讀), 소리 내어 읽는 낭독(朗讀), 느리게 읽는 만독(慢讀), 묵혀서 있는 숙독(熟讀), 재미있게 읽는 탐독(耽讀), 질문하면서 읽는 문독(問讀), 훑어서 골라있는 선독(選讀), 손으로 읽는 수독(手讀), 꼬리에 꼬리를 물어서 읽는 연독(連讀), 뜻을 풀어서 읽는 해독(解讀) 등등.

책 읽는 방법에 정답은 없다. 일대일 맞춤형이기에 각자에게 맞는 스타일이 있을 뿐. 그러고 보니 나는 소리 내어 읽는 낭독파다. 낭독의 즐거움을 알게 된 나는, 일이 취미이고 취미가 곧 일이 된 나는, 알고 보니 행운아다.

참고도서: 《독습, 책을 지적 자본으로 바꾸는 10가지 습관》 윤영돈 지음, 예문

3

주객전도 밑줄

책 읽기는 주객전도의 힘으로

책 읽기를 본격적으로 시작할 무렵 즐겨 사용한 방법이 있었다. 바로 '한 녀석만 공략해!' 전법. 방법은 단순하다. 나만의 펜을 정해서 그 녀석만 밑줄 긋는 용도로 있는 힘을 다하여 쓰면 된다.

나는 낭독 팟캐스트 〈당신의 서재〉에서 엔지니어 역할을 맡아 낭독 녹음을 하면서 아나운서들의 독서 스타일이 다양하다는 사실을 알게 되었다. 마음에 와 닿은 부분마다 비닐로 된 얇은 포스트잇을 삐죽 나오게 붙여서 표시

하는 사람, 전혀 표시를 하지 않은 채 처음 그대로의 상태로 깨끗하게 놔두는 사람, 아예 낭독을 염두에 두고 혹시라도 책장 넘기는 소리가 듣는 분들의 귀에 거슬릴까 싶어 페이지 오른쪽 하얀 여백만큼만 세로로 접어가며 읽는 사람 등등 각양각색이었다.

나는 중요하다고 생각하는 부분을 밑줄 긋고 되새길 부분은 일명 '도그지어(dog's ear)'라고 하여 페이지 오른쪽 끝을 세모꼴로 접어놓는 편이다.

그때 우연히 집어 든 필기도구는 아이가 유치원 단체 견학을 가서 얻어 온 하늘색 색연필이었다. 생긴 건 일반 연필과 별다를 바 없지만 색깔이 있어서 검은 볼펜보다 단조롭지 않고 빨간 펜보다는 눈이 덜 피로했다. 밑줄 그을 때 살짝 힘을 주어 누르면 거칠기가 적당하고, 뾰족하게 깎아놓은 부분이 점점 뭉툭해지면서 다시 연필깎이 입구로 밀어 넣을 때 내심 뿌듯하기도 하다. 연필깎이에 들어가고 나갈 때마다 점점 땅꼬마가 되어가는 모습에 적잖이 쾌감도 느꼈다.

이제는 이 녀석을 엄지손가락 마디만큼이나 짧게 만들겠다는 묘한 목표가 생겼다. 그래서 책을 읽을 때마다 꼭 먼저 찾았다. 다른 일을 하다가도 연필꽂이에 꽂혀 있는 하늘색 색연필을 보는 순간, '아, 책을 읽어야겠구나' 하는 생각이 들었다. 그 색연필은 일종의 독서 시작 스위치가 된 것이다.

독서가 목적인지 아니면 밑줄 긋고 메모하고 책 내용을 그림으로 정리하면서 색연필을 다 써서 없애 버리는 게 목적인지 주객이 전도된 느낌이었다. 아무튼 나만의 독서용 펜이 생겨 책 읽기에 좋은 도구가 되니 속도도 붙고 집중력도 더해지는 것 같다.

물론 볼펜이나 흑색 연필, 아니면 만년필로 표시하는 걸 선호하는 이가 더 많을 것이다. 그래도 나는 사용할 때마다 눈에 띄게 줄어드는 색연필이 마음에 든다. 가끔 연필꽂이에 두었던 하늘색 색연필이 눈에 보이지 않으면 두루마리를 휴지처럼 풀어쓰는 옛날 색연필로 대체 할 때도 있다. 아이가 쓰다가 남긴 거라 아까운 마음에 재활용하는 측면도 있지만, 이 색연필 역시 열심히 쓴 티가 바로바로 난다는 점에서 권장할 만하다. 단, 색연필 심이 굵어서 핵심만 간단히 적어야 하고 큰 글자로 메모할 때만 써야 좋다는 게 단점이다.

나의 독서 시작 버튼이 내가 콕 찍은 전용 색연필이라면, 스피치 강사 김미경 씨는 유튜브 채널 김미경TV의 영상에서 책 읽으면서 스티커 붙이는 데 재미를 붙였다고 했다. 스티커를 곳곳에 붙이는 게 너무 재미있어서 그것 때문에라도 책을 읽고 메모를 한다고 얘기했다. 아예 예쁘고 귀여운 스티커를 자체 제작했다던데 어쩜 그렇게 소녀 같은 감성을 여전히 간직하고 있는지. '이분도 나처럼 문방구 엄청나게 좋아하시는구나' 싶었다.

그러니까 김미경 씨에게 독서 시작 버튼은 앙증맞은 스티커다. 마음에 드는 글귀를 발견한 후 나만의 펜으로 죽어라 하고 밑줄을 긋든, 내가 좋아하는 캐릭터 스티커를 붙이든 중요한 건, 그것들이 독서와 메모를 할 수 있는 좋은 구실이 된다는 사실이다. 우리를 자연스럽게 책 읽기의 길로 안내하고, 자칫 지루할 수도 있는 독서를 지속할 수 있는 아기자기한 잔재미를 선사하면서.

Book a Day

비장의 무기도 장착했겠다, 내친김에 하루 한 권 읽기

프로젝트를 한동안 실천해봤다(요즘은 일주일에 한 권 정도 읽는다).

그런데 이미 나보다 먼저 하루 한 권 읽기를 계속해 이미 천 권을 읽은 독서 선배가 있었으니. 바로 《1천 권 독서법》의 전안나 씨다. 처음엔 《기적을 만드는 엄마의 책 공부》라는 제목에 이끌려 책장을 펼쳤다. 읽다 보니 이미 1000권 독서로 책까지 펴냈다는 사실을 저자 프로필을 통해 확인했다. 역시 하늘 아래 처음은 없나 보다.

작가는 두 아이를 둔 워킹맘으로 직장 생활에 대한 회의, 더 좋은 엄마가 되지 못하는 자신에 대한 불만으로 오랫동안 우울증과 식욕부진, 불면증에 시달렸다고 한다. 정말 죽을지도 모른다는 두려움에 괴로워하다가 기적처럼 독서의 기쁨을 알게 되어 매일 책을 읽었다. 처음 100권을 읽자 불면증이 사라지고, 300권을 읽자 미웠던 남편과 시어머니가 이해되고 관계도 좋아졌단다. 500권을 읽자 삶에 대한 의욕이 다시 타올랐고, 800권을 읽자 글을 쓰기 시작했고, 1000권째에는 책까지 출간하기에 이르렀다. 60세까지 만 권이 목표라는데, 1만 권을 읽으면 자신에게 또 어떠한 변화가 생길지 너무나도 기대가 된다고 책 서문에서 밝혔다.

비록 독서를 진정한 취미로 삼은 지 얼마 되지 않은 풋내기지만 나도 비슷한 변화를 실감하고 있다. 나만의 독서 전용 펜을 갖게 된 것 말고도 〈당신의 서재〉를 직접 제작, 진행, 편집하면서 더더욱 책 읽기에 매료됐다. 일과 취미의 경계도 사라졌다. 또 아나운서들의 낭독 녹음을 도맡으면서 동료들과 방송 뒷이야기, 고민, 일상에 대한 이야기뿐 아니라 해당 책에 대해 이야기하는 즐거움도 챙겼다. 작은 변화는 전염성이 커져 팀원들의 책상 위에 책들이 자연스럽게 쌓였고 낭독에 참여하는 동료들은 늘어났다. 현재 시즌 1을 끝낸 〈당신의 서재〉는 시즌 2를 기다리고 있다. 그리고 언젠가 아나운서팀 전원을 낭독자로 모시는 것이 나의 소박한 목표다.

성형수술 효과

외모도 변하나 보다. 팀장님은 내 눈빛이 한층 깊어졌다고 했다. 친구의 말이 곧 진리였던 학창 시절, 시험기간이라 일주일째 제대로 씻지도 못했는데 전날 목욕 갔다

왔냐는 물음과 눈동자가 맑아서 좋겠다는 칭찬에 어깨가 으쓱했다. 둔탁해보이는 뿔테 안경에 보름달마냥 터질 것 같은 얼굴이 비로소 자랑거리 한두 개를 찾은 것이다. 그러나 이제 세월의 무게로 툭하면 실핏줄이 터지고 흰자위에 핏발이 서고, 눈 밑에는 온갖 착색과 기미가 자리 잡아 칙칙해진 피부를 실감하며 세월의 덧없음을 느끼고 있던 차에 눈빛이 그윽해졌다니!

'의학기술로도 안 되는 부분을 독서가 가능하게 만들어 주는구나. 탁해진 눈빛과 피부를 맑게 되돌리진 못해도 분위기 있어 보이게 할 수는 있구나.'

사실 여부와 관계없이 무언가 보상을 후하게 받는 기분이다.

책 읽기는 곧 책 쓰기

만 권 독서를 목표로 하고 있는 전안나 작가가 생각의 변화를 느낀 시점은 300권 이후부터였다고 한다. 다양한 분야의 책을 읽은 덕분에 자연스럽게 복합적인 생각을 할 수 있게 되어, 사고의 폭과 깊이가 이전과 달라지는 느낌이 들었단다. 독서의 양과 질이 쌓여 임계점을 맞은 것이다. 500권부터는 다른 사람과 걷는 방향이 달라짐을 느꼈다고 말한다. 그 좋은 느낌으로 괜찮은 책을 다른 이에게 권하기도 했고, 같은 주제의 책을 연달아 읽어보거나 독서토론 모임에 용기가 생겨 참석하게 되었다. 800권 정도 필사도 겸하며 읽다 보니 자연스럽게 책을 쓰고 싶다는 생각이 들어 첫 책의 글은 6주 만에 완성했다. 1700여 권의 책을 읽은 지금은 7년 전과 완전히 다른 새로운 길을 걷고 있다고 전했다.

나는 성급하게도 100권도 채 읽지 않아 글을 쓰고 싶어졌다. 읽은 책들을 일목요연하게 정리해서 일명 '책에 관한 책'으로 총망라하면 어떨까 싶었다. 책의 분야와 주제가 비슷한 것들끼리 모으고 조금 다른 것들을 분류할 때 학창 시절의 노트 필기 실력이 본능적으로 되살아났다.

지금까지 읽은 책들을 살펴보았더니 먼저 자기계발 분야는 책 읽기, 공부법, 글쓰기에 관한 책들이 주를 이루었다. 직장 생활과 대인관계 분야는 직장 내 소통과 발표 및 경청, 퇴직 이후의 삶 등이 독자들의 주 관심사를 반영하고 있었다. 미래에 대한 막연한 불안감은 4차 산업혁명으로 대변되는 미래 산업과 미래 인재가 갖추어야 할 창의력, 유튜브, SNS에 관한 관심으로 이어졌고, 재테크 관련 책들은 꾸준했다. 부동산과 경제전망, 주식, 연금, 최상위 부자들에 관한 책은 흔한 아이템이자 주제였다. 엄마의 책 공부, 말공부 등은 자녀교육의 필요성이 엄마 공부와 자연스럽게 연결된 경우였다. 엄마도 엄마가 처음이니 아이와 함께 잘 커나가려면 마음공부는 우선이요, 관련 지식 공부는 필수였다.

행복, 감성, 마음 관련 힐링 책들은 여전히 인기가 많았다. 팍팍한 세상살이에 나부터 찾고 지켜야 세상에 똑바로 서 있을 수 있기 때문일 것이다. 운동, 건강, 수면, 여행, 식이요법에 관한 책들도 다양했다. 마음과 몸은 따로 떼어 생각할 수 없으므로 결론은 역시 심신의 건강과 온전함이 최선이다.

이렇게 크게는 자기계발, 직장생활, 미래산업, 재테크와 부동산, 마음공부, 자녀교육, 건강 등으로 읽은 책들이 나뉘었고, 세부 갈래까지 정해 놓으니 얼추 목차 비슷하게 꼴을 갖추게 됐다. 이렇게 책 읽기는 자연스럽게 책 쓰기로 이어지나 보다. 애초에 기획한 '책에 관한 책'과는 매우 다른 내용으로 세상에 나오기는 했지만.

양보다는 질

책 끝부분에서 저자는 하루 한 권, 7년을 꾸준히 읽어 보니 마음이 치료되었단다. 스펙이 좋아졌고 생각이 깊어졌고, 행동이 달라졌고, 아울러 만나는 사람들의 직업과 인맥이 다양해졌단다. 본인을 주변 사람들이 다르게 평가하기 시작했고, 덤으로 퍼스널 브랜딩 효과가 나타났다. 선한 영향력에 대한 책임감도 생겨 실천으로 이어졌다고 한다.

나 또한 틈틈이 독서를 하면서 무의미하게 흘려버렸던 시간을 알뜰히 모아쓰기 시작했다. 인풋이 많아지니 자연스레 아웃풋이 생겨나 아이디어들을 메모로 붙들어 블로그 등 여러 SNS에 정리해서 올렸다. 읽은 책들을 놓치지 않기 위해 유튜브에 북 리뷰를 하나씩 하나씩 올렸다. 조회 수에 상관없이 만족했고, 나와의 약속이라는 기꺼운 명분으로 즐겁게 올렸다.

읽은 책들이 지식의 그물망을 가로세로로 성글게나마 엮어 나갔다. 겹치는 내용은 기억을 강화시키고 새로운 내용은 기존 지식의 폭을 넓혔다. 물론 천 권 이상 읽은 독서 전문가들에 비하면 그 3분의 1이나 읽었을까 말까 하다. 그런 나의 변화라는 게 그리 어마어마한 정도는 아니다. 씨줄과 날줄로 엮기 시작한 간접경험의 축적이라는 게 이제 겨우 첫걸음마 단계이니까.

그래도 그게 어디인가? 몇십 권을 읽었는지, 몇백 권을 읽었는지는 사실 별로 중요하지 않다. '얼마나'보다는 '어떻게' 읽었는지가 중요하다. 그리고 내 안에서부터 작은 변화를 감지하는 것. 어떤 아이디어가 어떻게 다가올까, 그때 나는 무슨 방법으로 연기처럼 피어올랐다 금방 사라지는 사고의 조각들을 온전한 내 것으로 만들까 궁리해 보는 일. 소품처럼 쓴 글이지만 글들을 곱씹고 되씹으며 이리저리 다듬어 보는 과정……. 남 험담보다 연예인 뒷담화보다, 지난날에 대한 의미 없는 자책과 후회보다 훨씬 더 소중하고 값진 일이다.

독서로 인한 삶의 변화는 이미 시작됐다. 티끌이 모여 태산이 된다고 하니, 변화의 시작은 아직 미미하지만 끝은 창대하기를 기대해본다.

그 전에, 이 하늘색 색연필부터 끝장을 봐야겠다.

참고도서: 《기적을 부르는 엄마의 책 공부》 전안나 지음, 가나출판사

Chapter 2

틈틈이 짬짬이 사내 동호회

1

고군분투 PT

친구와 함께 세운 무병 & 장수의 꿈

회사가 여의도에서 목동으로 터전을 옮기면서 운동할 수 있는 장소가 생겼다. 공간의 명칭도 의미심장했다. '육체와의 전쟁'. 전쟁을 치르듯 출근 전 이른 아침과 점심시간에 사람들이 몰려들어 러닝머신도 타고 중량운동도 한다. 너무 전투적이라는 운영진의 판단 때문이었는지 '육체와의 전쟁'이라는 팻말은 곧 사라졌지만 지금까지 죽 사우들의 건강을 책임지는 장소로 자리매김했다. 나 또한 안 하던 여러 운동을 할 수 있는 계기를 마련했고 참새가

방앗간을 들르듯 거의 매일의 일상으로 자리 잡은 지 어언 16년째다.

매주 두 번 보통 화, 목으로 코치에게 PT를 받을 때 꼭 함께하는 동반자가 있다. 처음부터 스케줄을 맞춰 같이하다 보니 어쩌다 한 사람이라도 시간이 안 맞는다든가 불가피한 사정이 생기면 약속한 듯 아예 둘 다 운동 약속을 취소하고 각자 개별 운동에 돌입한다. 한 명이 시간이 조금 늦어 다른 한 명이 먼저 받고 있으면 왠지 익숙지 않아 트레이너와 몸을 풀면서도 나머지 한 명이 도착할 때까지 계속 문 쪽을 곁눈질하게 된다. 같이 운동하던 습관이 이렇게나 무섭다.

사내 지하 1층에 있기에 아침에 주로 만나는 사람들의 얼굴은 이미 익숙하고 친근했다. 일상의 안부를 묻기도 하고, 간혹 업무상 할 이야기도 얼굴 본 김에 편하게 나누기도 했다. PT를 받는 사우들은 많은데 우리처럼 2인 1조로 하는 경우는 없었다. 그래서 그들은 묻곤 했다. 어차피 두 명이 한다고 강습비가 더 저렴해지는 것도 아닌데 혼자 해야 트레이너에게 더 집중적으로 받을 수 있지 않느냐고. 하나가 아닌 둘이 하면 경쟁심이 생겨서 효과는 더 좋을 것 같은데 어떠냐고.

맞는 말이다. 피겨여왕 김연아 선수도 처음에는 아사다 마오라는 주니어 시절 경쟁자가 있었기에 시니어 때 한 차원 높은 자기와의 경쟁도 견딜 수 있는 작은 발판이 되었을지 모른다. 그리고 사원 복지 차원에서 제공되어 강습료가 상대적으로 저렴하기는 하지만 당연히 2:1 강습보다는 1:1 강습이 훨씬 가성비가 좋다.

하지만 전문 운동선수인 마라토너도 페이스 조절을 도와줄 페이스메이커와 함께 달리지 않는가? 경쟁보다는 협업이다. 혼자보다 둘일 때 외롭지 않아 심심하지 않고 지루하지 않다. 상대방과 내 상태를 객관적으로 점검할 수도 있다.

어차피 각자 운동 능력이 다르다. 예를 들어 나는 비교적 유연성이 좋았지만 상대적으로 파워가 약했다. 게다가 보디빌딩을 할 때 허리가 과하게 뒤로 꺾이는 경향이 있기에 의식적으로 배에 더 힘을 줘야 하고, 자꾸만 올라가는 어깨를 내리면서 어깻죽지를 모아야 된다는 걸 터득했다.

그에 반해 내 운동 메이트는 무산소 운동을 할 때 승모근을 많이 쓰는 편이었다. 따라서 목과 팔, 어깨보다는 코어 근육을 의식하면서 해야 한다는 걸 관찰하게 되었다. 또한 몸의 왼쪽보다는 오른쪽 근육을 과도하게 쓰는 나와는 달리 운동 메이트는 동작을 할 때 오른쪽, 왼쪽, 상체와 하체의 밸런스가 모두 좋다는 걸 두 눈으로 확인할 수 있었다. 이렇듯 몰랐던 나의 몸을 알게 됨과 동시에 다른 사람의 몸도 자연스럽게 알아갔다.

한번은 운동 메이트가 점핑볼에서 동작을 취하다가 스피드가 점점 빨라지면서 넘어졌는데 그만 뼈가 부러지고 말았다. 그 친구는 발목 수술을 한 후 깁스를 한 채로 목발을 짚고 나와 재활운동을 같이 했다. 이번에는 내가 걷다 넘어져 발목을 접질렸는데 역시 반 깁스를 한 상태에서 상체운동 위주로 운동을 함께 지속했다. 혼자였다면 운동을 못 할 상황도 함께라서 어떻게든 할 수 있는 상황으로 변했다. 운동 메이트와 나는 농담 삼아 웃으며 서로에게 말했다.

“네가 없었으면 나 이렇게 몇 년 동안 꾸준히 못했을 거야.”

그래서 운동 메이트는 경쟁자라기보다는 동반자의 의미가 매우 강하다. 오히려 경쟁자는 바로 나 자신일 때가

99.9%다. 전문적인 운동선수도 훈련 파트너가 필요하듯, 이제 운동 시작하는 초보자에게 함께 하는 다른 한 명은 운동할 때 없어서는 안 될 꼭 필요한 동반자다.

사내에서 운동을 좀 한다 하는 사람들이 연중행사로 빼놓지 않고 참가하는 대회가 있다. 일 년에 한 번, 3월에 시작해서 5월에 결과를 발표하고 시상식을 거행하는 다이어트 이벤트인데, 개인과 팀 출전이 동시에 가능하다. 기존에 팀은 최소 5명이 한 조여야 했지만 팀원을 모으기 힘들다는 사원들의 요청에 따라 2명 이상으로 인원이 조정됐다. 운동 파트너와 나는 개별 출전뿐 아니라 팀 출전까지 가능했고, 따라서 팀명을 정해야 했다.

"너는 운동을 왜 하니?"

이름 짓기에 고심하다 내가 물었다.

운동 파트너이자 후배는 아무 망설임 없이 이렇게 대답했다.

"무병장수하려고요."

"그래? 무병장수……. 와, 좋은데? 그럼 네가 무병을 맡아. 나는 장수를 할게. 두 명이니 딱 좋다. 무병과 장수!"

이렇게 우리 팀명은 '무병&장수'가 되었다.

안타깝게도 다이어트 이벤트 단체 부문에서 무병&장수팀이 수상은 하지 못했다. 대신 여자 개인부문에서 무병이가 1등을 차지했다. 몸무게와 근육량이 심사 기준인데 무병이는 몸무게와 근육량이 동시에 늘었다. 무병이는 백화점 상품권을 부상으로 받으면서도 어리둥절해했다.

반면 나는 단기간 다이어트로 몸무게는 빠졌지만 근육량까지 줄어 3위권 밖으로 밀려나고 말았다. 1위는 아니더라도 몇 년간 2, 3등은 꾸준히 했었는데 아쉬움이 컸다. 그리고 내가 조금 더 분발했다면 무병이는 개인과 단체부문을 모두 석권할 수 있었는데 하는 미안한 마음도 들었다.

하지만 결과는 모두의 해피엔딩이었다. 무병이는 부상으로 받은 상품권을 근처 백화점 6층 식당가에서 한턱을 내는 데 썼으니 말이다. 같이 운동하는 사우들과 나는 마음껏 축하하며 기분 좋게 맛있는 한 끼를 즐겼다. 나 같으면 옷 사는 데 보탰을 텐데, 역시 착한 무병이다.

운동을 지속하려면 전문가의 도움이 필요하다!

요즘은 간단히 집에서 동영상을 보면서 따라 하는

'홈트'라고 하는 홈트레이닝이 유행이다. 시간과 비용을 절약하고픈 현대인들에게 딱 맞는 운동방법이다.

물론 개인차가 있겠다만 영어회화도 전화나 화상대화가 직접 만나서 대화하는 것만 못하듯, 운동도 바로 옆에서 누군가 세밀히 자세를 잡아주고 격려도 해주는 편이 나에게는 더 맞다. '홈트'나 '혼자 하는 운동'은 딱 그만큼 자신의 한계를 설정해놓기 때문이다. 보통은 '적당히 숨 찰 만큼만', '아침 운동 후, 일 시작하기에 피로하지 않을 만큼만'이라는 기준을 정해놓는다. 가령 트레드밀 위를 걸을 때 속도 6.5 이상은 넘지 않는다는 나만의 철칙을 세워놓고 매일 딱 요만큼만 하자는 식으로 절대로 무리하지 않는다. 운동 강도를 점점 높여야 하는데 몸은 원체 약아서 넘어서는 안 될 힘든 선은 좀처럼 넘지 않는다.

그럴 때 필요한 사람이 바로 전문 트레이너다. 나만의 편리한 기준과 컨디션을 구실로 내세우는 핑계가 통하지 않는 엄한 훈련 교관 같은 사람, 팔짱 끼고 지켜보는 사람이 있어야 자세 한 번을 취해도 훨씬 더 힘이 들어가고 정확해지기 때문이다.

꾀병과 컨디션 난조를 매의 눈으로 정확히 구별하는

전담 트레이너의 초능력이 놀랍다. 무병이와 장수가 아무리 힘들다고 징징거려도 "기분 탓일 겁니다"라고 조용히 상황을 정리해버린다. 말없이 식은땀을 뻘뻘 흘리거나 어질어질해하는 것 같으면 재빨리 알아채고 "무리하지 마십시오"라고 넌지시 쉼표를 찍어준다. 또한 트레이너와 시간을 정했기 때문에 당일은 컨디션이 좋지 않거나 불가피한 상황이 생기지 않는 이상 되도록이면 약속을 지키기 위해서라도 포기하거나 취소하지 않고 집을 나서야 한다.

운동 메이트와 함께 세운 무병&장수의 꿈은 전문가의 주도면밀한 계획에 따라 일주일에 한두 번, 어쩔 수 없이 '제대로' 실행하고 있다.

저강도 운동을 버리고 다른 세계와 만나다

한번은 이런 일이 있었다. 전신운동이 되는 각각의 동작들을 쉴 새 없이 빠르게 돌고 돌아 무한 반복하는 서킷을 할 때였다. 서킷은 한 세트만 해도 숨이 차고 정신이 없다. 두 세트부터는 서서히 동작의 정확성이 떨어지고 세 세트부터는 "아이고" 소리가 절로 난다. 네 세트 때는 아예 몸과 정신이 분리되는 유체이탈의 경지에 이른다.

'이 힘들고 헉헉대며 땀이 비 오듯 흐르는 몸은 내 몸이 아니다. 고로 힘든 건 내가 아니다. 나는 이 좀비 같은 몸을 위에서 내려다보고 있다. 나는 생각을 안 한다. 고로 이건 나의 몸이 아니다.'

이렇게 무중력 상태에서 재빨리 최면을 걸어본다. 문학 용어로 '낯설게 하기'를 저절로 실천하게 되는 셈이다.

그러다가 다섯 세트째가 되면 이제는 자포자기의 심정이다. 마지막 세트이기도 하고 정말 죽을 것 같은 순간에 "악!" 외마디 소리와 함께 기합을 넣으면 갑자기 방전됐던 몸 어딘가 아주 깊숙한 곳에서부터 태초의 힘이 솟아오르는 기분을 느낀다.

'아, 이게 바로 갓난아기 때 엄마 젖 먹던 힘이구나. 태어나자마자 누가 가르쳐주지도 않았는데 살려고 본능적으로 더듬어 찾아낸 엄마 젖을 힘차게 빨던 바로 그 근원적 힘이로구나!'

마라토너들이 경기 도중 극한의 고통 뒤에 느낀다는 행복감 '러너스 하이'인 듯도 하다. 해탈의 경지에 들어선다.

가장 힘든 2, 3세트를 지나 반쯤 정신 나간 상태에서 4세트를 때우고 5세트 때 무의식의 저편으로 사라졌던 원초적 힘까지 끌어올리고 나면 몸은 완전히 지쳐 나가떨어질때 마침내 끝을 맺는다. 터질 것 같은 심장 소리 때문에 함께 한 운동 파트너와 트레이너에게 수고하셨다는 말도 겨우 내뱉을 수 있을 정도다.

하지만 몸 밖으로 빠져나올 것 같은 심장의 박동이 어느 정도 가라앉아 서서히 평정심을 되찾을 때쯤이면, 오늘 할 일을 이미 다 해낸 것 같은 나른함이 밀려온다. 샤워실로 향해 가는 발걸음은 무겁고 둔탁하지만 마음만은 왠지 모르게 뿌듯하다. 오늘 나는 나의 한계까지 가봤고, 평생 모를 수도 있었던 아기 때 젖 먹던 힘의 존재를 알게 되어 보람을 느끼면서. 나는 오늘 나를 이겨냈다는 자신감, 그리고 적어도 이날 해야 할 일을 한 가지만큼은 확실히 했다는 성취감을 이른 아침부터 맛본다.

어떠한 상황에서도 운동 must go on!

남들은 늦게 일어나 허둥지둥 출근을 서두르고 있을

시간에 이미 나는 한 가지의 작은 성공을 거뒀다. 물론 하루의 첫 일과가 운동일 경우에는 이미 에너지를 소진한 상태에서 지치고 피로하게 시작할 우려도 있다.

실제로 나 또한 초기에는 운동 후에 도저히 피로 해소가 안 돼서 낮잠이 아닌 오전 잠을 반드시 청해야 했다. 동료들이 커피 한잔 마신 후 일에 슬슬 집중력을 발휘할 때 숙직실 침대를 찾아야 했다. 매일 새벽 근무였기에 망정이지 오전부터 잠깐이라도 침대를 차지하고 있는 건 직장 내에서 오해 살 여지가 충분했다.

따라서 각자 성향과 스타일, 체질, 매일 하고 있는 업무의 종류와 시간대에 따라 운동하기에 적당한 때를 정해 놓아야 한다. 나처럼 아침 운동이 맞는 분들도 있고, 일 특성상 점심때 짬 내서 해야 하는 분들. 그리고 아예 업무 끝나고 해야 마음 편하게 운동에 집중할 수 있는 분들도 있을 것이다. 그야말로 달밤에 체조해야 잠도 잘 온다는 분들도 있을 테니 말이다.

중요한 건 어떤 시간대든 상관없이 운동은 꾸준히 지속해야 한다는 사실이다. 몸매가 예뻐지고 근육이 멋지게 붙는 것도 보람차지만, 건강한 땀을 흘려 온몸을 순환시키고 질병에 걸리지 않는 게 더 중요하다. 오래 사는 것도 중요하지만 내 발로 걷고 내 입으로 음식을 먹으며 내 머리로 판단할 수 있는 '건강한 상태'로 오래 사는 게 더 가치 있다.

운동을 안 하면 오히려 이상할 정도

간혹 내 친구를 비롯한 여성들 중에는 운동을 해도 땀이 안 난다고 하는 분들이 있다. 그렇다면 강도를 일단 높여야 한다. 다소 격렬한 운동으로 한번 땀샘이 터지면 다음부터는 약한 강도로 시작해도 몸이 운동한다는 걸 인식하고 알아서 땀을 배출해 준다. 또 너무 바빠 운동할 짬이 도저히 안 난다고 하는 분들도 있다. 그렇다면 운동이 하루 일과의 순서와 중요도 측면에서 적어도 항상 2위권은 차지하고 있어야 슬며시 빼놓지 않는다.

운동을 습관화해야 한다. 안 하면 오히려 몸이 더 찌뿌둥하다 싶게 루틴으로 만들어야 한다. 샤워를 집이 아닌 운동하는 곳에서 해야 나만의 펜 덕분에 책을 읽게 되듯, 세수하러 갔다가 물만 먹고 오는 게 아니라 간 김에 운동도 하게 된다. 그러다 보면 어느새 그 시간만 되도 엉덩이가 먼저 들썩거리는 반응을 보일 것이다. 그때가 바로, 새로 시작한 무언가가 알아서 지속할 수 있는 '루틴'이 되는 순간이다. 세상에서 가장 어렵고 힘든 경쟁자인 나를 이긴 극기의 경험은 호된 세상살이로 밑바닥이 훤히 드러난 자존감을 조금씩 채워줄 수 있다. 세상에서 가장 어려운 일은 바로 내 몸무게 이기기, 내 중력 거스르기이니까.

전문용어로 실드(shield), '예뻐지려고'가 아니라서요

한 주를 시작하는 월요일 아침에 운동 시작하면서 또 후회가 밀려온다. '주말에 초콜릿 머드 케이크와 망고 요구르트 아이스크림, 욱여넣지 말았어야 했는데'라고.

아, 그리고 또 한 가지. 이미 짐작했겠지만 난 '몸짱'이 전혀 아니다. 예전보다는 하체에 쏠렸던 지방 재배치가 이뤄져 이른바 '몸꽝'만 면한 정도이다. 이번 생은 몸짱 근처에도 못 간다. 운동 덕분에 오래 살아 여든 살에 피트니스 대회 최고령으로 도전한다면 혹시 모를까. 날씬한 여성들은 운동 못하게 온몸으로 막아야 된다고 농담 삼아 말하는, 난 그냥 '무병으로 장수하려고 분투하는 아줌마'다.

2

중구난방 줌바

줌바의 매력에 풍덩

아이와의 예기치 않은 충돌로 인해 오른쪽 발톱이 들리는 사고가 발생했다. 혼자 무거운 몸을 감당하며 절뚝거리다 넘어지는 바람에 왼쪽 발목마저 접질려 두어 달을 힘들게 보냈다. 어찌 보면 글을 쓰게 된 계기가 된 침대 생활은 블루투스 키보드와의 만남을 주선하기도 했지만, 줌바를 하지 못해 더 힘에 겨웠다.

머릿속에서는 이제 막 맛들이기 시작한 라틴댄스 음악의 한 소절이 쉴 새 없이 주크박스를 틀어대고 있는데, 몸은 꼼짝을 못 하니 좀이 쑤셨다. 정형외과를 찾아간 첫날, 그리고 물리치료를 하러 다니면서도 의사에게 묻는 질문은 일관되게도 "언제 운동할 수 있어요?"였다.

"무슨 운동하시게요?"

자꾸만 물어보는 걸 보니 의사 선생님이 궁금했나 보다. 나는 순간 '줌바'라고 답하기가 왜인지 모르게 쑥스러웠다. 잠깐의 멈칫 후 둘러댔다.

"그냥, 에어로빅 같은 거요."

'줌바', 처음에는 '(아)줌마'가 연상되기도 해서 아줌마들이 즐겨 추는 춤인 줄 알았다. 쉽고 재미있다는 얘기도 얼핏 들었다. 라틴댄스 기반인데 태동은 미국 캘리포니아라고 한다. 마침 사내 복지 차원에서 강습을 한대서 점심시간에 가벼운 마음으로 찾아갔다. 거울이 붙어 있는 작은 무용실에 예닐곱 명은 되는 사람들이 이미 모여 있었다. 운동화 끈을 매는 동안 음악이 흘러나왔다. 50분 강습인데 시작하자마자 다들 땀을 삐질삐질 흘리더니 10분 후부터는 너나없이 헉헉댔다.

'도대체 누가 쉽고 재미있다고 그런 거야?'

따라한 지 한참이 지난 것 같아 곁눈질로 벽시계를 보니 20분도 채 넘기지 못했다. 급기야 난생 처음 해보는 동작에 다들 우왕좌왕하며 의미를 알 수 없는 몸부림을 치기 시작했다. 몸이 왼쪽으로 가야 하는데 오른쪽으로 가는 사람, 팔과 다리가 따로 노는 사람, 허우적대고 버둥거리는 사람들로 그야말로 북새통이었다.

좁은 공간에서 이산화탄소를 내뿜는 사람들은 다들 얼굴이 벌겋게 불타올랐다. 틈틈이 마시던 물은 곧 동이 났고 가지고 간 수건은 흠뻑 젖었다. 땀이 비 오듯 뚝뚝 떨어졌다. 급한 대로 축축한 수건을 목에 두르고 허둥지둥 줌바 선생의 동작을 따라갔다. 격렬했던 음악은 템포가 느려지더니 마무리 운동으로 지친 영혼들을 안내했다.

'세상에나, 세상에나. PT 서킷이 세상에서 가장 힘든 줄 알았는데, 더 격하고 더 분주한 운동이 있었다니!'

신선한 충격이었다. 줌바 수업은 화요일 퇴근 후와 수요일 점심시간, 일주일에 두 번이라고 한다. 조근이 일상이니 수요일 점심은 밥 약속 대신 '줌바'로 스케줄 표에 미리미리 적어 두었다.

그다음 주 수요일이었다. 줌바 공간이 한층 넓어졌다.

어떤 이는 이석증이 생겼다고 하고, 어떤 이는 너무 힘들어서 몸살이 났다고 한다.

'이석증과 줌바는 어떤 상관관계가 있을까. 기분 탓이겠지?'

참가자가 확 줄었다. 공간의 여백만큼 큰 함성과 기합 소리로 50분을 채웠다. 줌바를 하면 할수록 느릿느릿 거북이걸음이었던 시곗바늘도 점점 속도를 냈다.

당구에 미친 사람에게는 천장이 당구대로 보인다고 했던가? 줌바에 맛 들인 사람은 '내 귀에 줌바'가 끊임없이 흐른다. 그러던 차에 스텝을 밟아야 할 양쪽 발이 다 못 쓰게 됐으니 상심이 이만저만 아니었다. 드레싱과 체외충격파 치료를 겸하던 두 달이 1년처럼 느껴졌다.

자, 이제 줌바 다시 시작이다! 완치 판정은 받았으나 아직 뻣뻣한 왼쪽 발목에 발목보호대를 차고 설레는 가슴으로 줌바를 재개했다. 비가 온 날이었는데 수업 후 감은 머리를 제대로 말리지 않고 급하게 서점에 갔다 와서 그런 지 그만 감기에 걸렸다. 보통 바로 약 먹고 하루 푹 자면 똑 떨어지는 감기가 낫지 않고 들러붙었다. 목이 잠기더니 코도 막히고 온몸이 부들부들 떨렸다. 독한 약 탓에 하루 종일 자도 또 졸렸다. 조금 더 쉬어야 했다. 초보 줌바 댄서의 길이 이토록 험난할 줄이야.

어느 날은 컨디션이 좋지 않아 갈까 말까 망설이다 수업에 나갔다. 가보니 나마저 없었으면 큰일날 뻔했다. 그 날은 줌바 선생님께 1:1 강습을 받았다. 수업이 끝나고 둘은 신나게 하이파이브를 했다. 또 어느 날은 감기 기운에 눈이 빠질 것처럼 아팠지만 책임감으로 옷을 갈아입었다. 다행히 한 명이 더 왔다. 수업이 끝나고 셋은 강강술래 대형으로 손에 손잡고 신나게 "줌바!"를 외치며 하이파이브를 했다. 그런데 피할 수 없는 점심 약속이 잡히면 어쩌지? 나 대신 누군가 꼭 출석해주기를 바란다.

점심시간이라 참여도가 저조해서 그렇지, 저녁 수업은 제법 인기가 있다고 한다. 의외로 남성 사우들이 많아 성비를 압도하기도 한다고 들었다.

나만의 착각일 수도 있지만 줌바의 매력 포인트는 못해도 괜찮다는 것이다. 재즈댄스, 방송 댄스 등은 잘해야 흥미를 느끼지만, 줌바는 못하면 못하는 대로 재미가 있다. 같이 틀리고 실수하며 킥킥거리는 재미, 몸이 따라주지 않는다고 푸념하며 가지고 온 물을 나눠 마시는 재미, 근엄하게 양복 입고 인사 받던 아저씨 사우들의 헐레벌떡 당황한 모습을 엿보는 재미도 빼놓을 수 없었다.

줌바의 매력 포인트는 또 있다. 살사, 메렝게, 차차차 등의 각기 다른 스텝을 비록 수박 겉핥기식이라도 다양하게 섭렵할 수 있다. 익숙하지 않은 삼박자라 조금 헷갈리기도 하지만.

3

동병상련 요가

어릴 적 트라우마

두통이 시작된 건 초등학교 3학년 때부터였다. 그때부터 수십 년 동안 지속적으로 시달렸다.

그때는 왜 생기는지, 언제 어떻게 생기는지 알지 못한 채 한번 시작된 두통과 눈이 빠질 듯한 아픔과 동시다발적으로 찾아오는 치통과 오심이 언제 끝날지 몰라 무척이나 괴로웠다.

아주 많은 시간이 흐른 뒤 곰곰이 따져보니 원인은 당시 담임 선생님에게 있었다. 선생님을 집에서는 '이모'라고 부르는 조카딸이 반장이고 공주였던 반에서, 일하느라 바쁜 엄마를 모셔오지 않는다고 조용한 나를 담임 선생님은 사고뭉치라고 불렀다.

개구쟁이 짝꿍과 말 수 없는 나는 사이가 좋았다. 과목이 '자연'과목이었던가 아무튼 살아 있는 개구리를 2인 1조로 관찰하는 시간이었다. 투명한 직육면체 모양의 통속에 제법 큰 개구리가 한 마리씩 들어 있었고 역시 투명한 덮개는 손으로 쓱 밀면 스르륵 열리는 구조였다. 갑자기 장난기가 발동한 짝 녀석이 뚜껑을 확 밀어버리자 개구리가 기다렸다는 듯이 뛰어올랐고 나는 깜짝 놀라 '악!' 외마디 소리를 질렀다. 그때도 이미 연세가 제법 있던 할머니 선생님은 "누구야?" 하고 엄하게 소리치셨다.

그렇지 않아도 선생님 때문에 주눅 든 아이들은 이내 조용해졌다. 선생님은 소리를 지른 장본인이 나임을 알아채고는 비아냥대듯 말씀하셨다.

"으이그, 저 사고뭉치."

밑도 끝도 없이 사고뭉치라니. 놀란 가슴은 이내 알 수 없는 서러움과 섭섭함으로 바뀌었다. 하지만 어떤 해명이나 항변도 하지 못했다. 나이가 어려서 그랬는지 내성적인 성격 탓이었는지 입 다물고 고개 숙인 채 영문 모를 상처만 끌어안았다.

초등학교 저학년 선생님이라면 누가 소리를 지른다고 사고뭉치라고 내쏘기 전에 무슨 일이냐고, 괜찮냐고 물어봤어야 한다. 그러고 나서 누가 그랬는지는 모르겠으나 다시는 그러면 안 된다고, 생명을 다루는 관찰 시간이니 장난치지 말고 조심히 다루어야 한다고 타일렀어야 했다.

한번은 일기 쓰기 검사를 받는 날이었다. 샤프를 알게 된 지 얼마 되지 않았을 때였다. 가는 흑색 심을 넣고 몸통 끝부분을 누르면 심이 조금씩 밀려 나오는 모습이 신기해서 연필을 제쳐두고 숙제할 때마다 애용했다. 숙제나 일기 검사를 받는 날은 각자 과제물의 해당 페이지를 편 채로 일렬로 서서 자기 차례가 오기를 기다리고는 했다. 드디어 내 차례였다.

한참 내용을 살펴보시던 선생님은 방백인지 독백인지 모를 소리를 중얼거리시고는 도장을 꾹 눌러 찍으셨다.

"얘는 글은 잘 쓰는데 글씨가 춤을 추네, 춤을 춰. 엄마 모셔와야겠네."

가는 샤프심은 종이를 지르밟지 못하고 오히려 종이에

치인다.

'내가 연필로 꾹꾹 눌러쓰지 않고 샤프펜슬을 써서 그러신 건가?'

창피하고 당황스러웠다. 잘못은 했지만 학교에 엄마가 불려올 정도는 아닌데 싶은 생각도 설핏 들었다. 하지만 어쩔 수 없이 엄마에게 말씀드렸다.

그간 지친 몸을 이끌고 집에 오시자마자 정신없이 잠드는 엄마에게 학교 일은 말하지 못하고 있었다. 개구리 사건과 일기장 사건 그리고 미술시간에 바다를 초록색으로 그렸다고 지청구를 들은 사건까지도.

엄마가 학교로 찾아간 건 그로부터 한참 후였다. 바빠서 아이에게 소홀했노라고 먼저 인사를 건넸을 것이고, 담임 선생님은 아니라고 인사치레를 하면서 대화가 오갔을 것이다. 짐작컨대 대화뿐 아니라 다른 것도 오갔을 테지. 그건 지금은 꿈도 못 꿀 일이지만 당시는 관행이었던 촌지였다. 그 관행이라는 걸 지키지 않아 장사하느라 정신없던 엄마는 학교로 불려갔고 나는 그때까지 최근에야 생겨난 용어인 '정서적 학대'라는 걸 당했다.

그러는 동안 소심한 열 살 어린아이가 감당하기에는

벅찬 말과 눈빛이 여과 없이 속을 파고들었고 몸 안 곳곳에 소용돌이를 일으켰다. 머리를 망치로 때리고 눈알을 빼놓을 듯 후벼파고 치아를 깨부수고 위를 쥐어짜서 화장실을 들락날락거리게 만들었다. 나중에는 빈속에 쓴 물만 넘어왔다. 귓속에서는 쉴 새 없이 일개 대대가 행군을 했다. 저벅저벅 군화소리가 그치지 않았다. 자려고 이불을 덮으면 천장이 시계방향으로 돌았다. 어렸을 때는 그게 요즘 말로 '언어폭력'인 줄도 몰랐다. 그래서 받은 스트레스인 줄도 모른 채 선생님께 모진 소리를 들을 때마다 속으로 삭였다.

증상이 심해지자 엄마는 뇌에 혹시 무슨 병이라도 생긴 건 아닌지 걱정하시면서 병원에 데려가셨다. 나는 머리에 이상한 집게를 잔뜩 꽂고 정밀검사도 받았다. 물론 의사 선생님이, "아픈 아이가 이렇게 통통할 수는 없어요"라는 말로 안심시켜 주시기는 했지만. 그 후로도 증상은 나아지지 않았고, 고3 수험생 때는 극에 달해 조퇴를 밥 먹듯이 해야 했다.

물론 지극히 일부 선생님들 이야기고, 나만의 특수한 상황이었다. 하지만 몰랐으면 더 좋았을 일, 겪지 않았더라면 다행스러웠을 일은 신체적 고통으로 남아 끈덕지게 수십 년을 들러붙어 있었다. 입사하고 한참을 지난 서른 중반까지도 끈덕지게 지속되었다.

수카와 두카

이아림 작가의 책《요가매트의 세계》에서는 수카와 두카라는 개념이 나온다. 산스크리트어로 각각 좋은 공간과 나쁜 공간을 의미한다. 허약하거나 경직된 내 몸의 두카를 발견해 해소하면 이르게 되는 경지, 우리의 신체로부터 클레샤, 즉 고통을 식별해 제거함으로써 성취되는 행복, 기쁨, 편안함, 축복의 상태가 바로 수카의 단계다. 요가는 두카에서 수카로 이르는 과정이다.

그런 심오한 의미는 잘 몰랐지만 요가를 만난 건 일생일대의 행운이었다. 수십 년을 괴롭히던 두통에서 마침내 해방되었으니, 당시에 유행하던 요가 비디오를 구입한 것이 출발점이었다. 그 후에는 사내 고수의 재능기부로 점심시간을 활용해 삼삼오오 모여 동작을 익혔다. 숨을 내쉬며 마음속 찌꺼기를 조금씩 내뱉기 시작하자 잔뜩 들어

갔던 힘이 빠지면서 손끝과 발끝이 만나고 가슴이 바닥에 닿았다. 끝나면 다 같이 구내식당에서 늦은 점심을 먹고 담소를 나누었다. 무리 없이 편안하며 자연스러웠다.

점차 찌릿찌릿했던 정수리가 진정되고 뻐근했던 뒷덜미가 잠잠해졌다. 안구 밑부분까지 파고든 고통은 눈이 다소 침침한 수준으로까지 잦아들었고, 치통도 완화됐다. 어깨의 담은 견딜 만해졌고 묵직했던 허리는 파스를 붙이지 않아도 버틸 만했다. 늘 차디찬 손발 끝도 조금은 온기가 돌았고 푸르뎅뎅했던 입술은 약간의 생기를 찾은 것도 같았다.

두카에서 수카쪽으로 한 발짝 이동하니 생활의 질이 비교할 수 없을 만큼 좋아졌다. 책 저자에 비하면 내 수준은 요가라고 할 수도 없는 스트레칭 정도겠지만, 이제 더 이상 어디 가든 두통약과 검은 비닐봉지를 애써 챙길 필요가 없어졌다. 일생의 은인 같은 요가에 대한 내 불만은 딱 한 가지다.

"왜 이제야 왔니? 왜 이렇게 늦게 안 거니, 우리?"

짧아도 내 몸

책에서는 몸이 마음으로 가는 지름길이라고 한다. 있는 그대로의 나를 만나러 가는 가장 확실하고 빠른 길. 에둘러 가지 않고, 헤매지 않고 자신을 곧장 만나기 위해 호흡하고 몸을 움직이는 것이 바로 요가의 핵심이라고 말한다.

요가를 하다 보면 볼품없는 내 몸에 대해 불만보다는 안쓰러움이 생긴다. 그 측은지심은 이내 고마움으로 바뀌곤 했다. 그동안 내 마음을 이고 지고 살아줘서 애썼다고, 앞으로도 그렇게 잘 부탁한다고 한없이 머리를 조아리게 된다.

몸이 찌뿌둥하거나 전날 격한 운동으로 몸이 지친다 싶을 때면 운동복으로 갈아입고 매트 위에 앉는다. 요가인지 스트레칭인지 알 수 없는 동작을 천천히 진행하다 보면 어느새 옆 매트에 한 자리씩 차지한 사람들이 각자의 세계에 빠져 열심이다.

한번은 다리를 벌린 박쥐 자세, 엉덩이를 쳐든 개 자세, 가슴을 젖힌 물고기 자세 등이 민망하다며 다른 곳에서 하는 게 어떻겠냐는 입사 동기 오빠의 진심 어린 오지랖도 있었다. 어차피 큰 공간을 차지하는 것도 아닌데 남성들의 눈을 피해 여자 탈의실에 임시 매트를 깔까 잠시 고민했다. 하지만 그냥 당당하기로 했다. 하는 사람이 '그러려니' 하면 보는 사람도 어느새 '그러려니' 하기 마련일 테니까. 요즘은 식전 댓바람부터 더 민망한 자세를 아무렇지도 않게 한다.

누군가 제 인생의 8할은 바람이었다고 한다면, 나는 내 두통의 8할은 요가가 고쳤다고 얘기하고 싶다.

더불어 낯짝도 제법 두꺼워졌다.

사는 게 다 그렇지 뭐.

참고도서: 《요가매트만큼의 세계》 이아림 지음, 북라이프

4

결자해지(結者解之) 로잉머신

로잉머신으로 번민을 날려버리다

"어기야 디여차, 어기 여차.

어기야 디여 어기여차, 뱃놀이 가잔다."

노 젓기 할 때마다 왜 이 노래가 생각이 나는 걸까? 기억을 더듬으니 예전 대학교 때 응원가 부르면서 노 젓는 동작을 참 많이 했다. 진짜 노를 젓게 될 줄은 꿈에도 몰랐는데. 내가 왜 여기서 이러고 있나 정신이 아득해지며 또 무의식적으로 의식이 흐른다. 대학교 때로부터 시간은 조금 뒤로 간다.

어느 주말 예능 프로그램에서 출연자들이 노를 저어 속도를 겨루는 조정대회에 출전한다고 땀을 뻘뻘 흘리며 로잉머신을 연습하던 모습이 떠오른다. 할아버지가 씨름 선수, 아버지가 보디빌더라고 자신만만해하다가 1000미터도 못 가 나동그라지는 덩치 큰 출연자의 모습도 뇌리에 스친다. 로잉머신이 사내 헬스장에 놓인 지는 그로부터 얼마 되지 않은 듯하다.

로잉머신(rowing machine)은 노 젓는 운동기구를 말한다. 처음에는 저게 뭔가 싶었다. 두 대가 나란히 누워있었는데 아무도 관심을 보이지 않았다. 그 앞쪽 6대의 러닝머신만 바쁘게 컨베이어 벨트를 돌려댔다. 그러다가 한 명 두 명 제법 운동 구력이 높은 분들이 도전을 했다.

가로로 긴 손잡이를 양손에 단단히 잡고 명치 끝에 닿을 때까지 줄을 당겼다가 발받침을 힘차게 밀어내며 굽혔던 무릎을 펼 때, 노를 잡은 사람들이 어딘가 모르게 멋져 보였다. 마치 러닝머신 위에서 걷고 뛰는 하수들의 등 뒤로 한 차원 높은 동작을 펼치는 고수들처럼 좀 달라 보였다고나 할까.

회사 내에 있는 헬스장에서 일주일에 한두 번 PT를 받다 보니 프로그램이 조금씩 달랐다. 어느 날은 트레이너의 안내에 따라 유산소 운동으로 로잉머신을 탔다. 그것이 노 젓기의 시작이었다. 로잉머신은 핸들을 한 번 끝까지 밀어냈다가 몸쪽으로 당기면 1회 스트로크로 친다. 트레이너와 할 때는 1분당 노 젓는 횟수를 29~30회까지로 피치를 올려 내 몸 최후의 에너지 한 방울까지 털어냈다가 1000미터를 마치고 잠시 숨을 고르며 천천히 노 젓기를 한다. 그 후 다시 1000미터를 가는 방식으로 한 번에 2000미터를 주파한다. 하지만 나 혼자 할 때는 체력이 달려 1000미터 되자마자 잠시 손잡이를 놓는다. 대신 힘을 나누어 장기전으로 가본다.

1000미터를 가려면 계기판의 분당 스트로크를 26이나 27로 하여 150번 정도 노를 저어야 한다. 한 50번 정도는 아침 먹은 힘으로 어찌어찌 버틸 수 있으나 100번까지 가려면 쉽지 않다. 죽을 둥 살 둥 100번을 채우고 나면 나머지 50번은 이 악물고 고지가 눈앞에 있다며 '조금만 더 조금만 더!'를 속으로 외친다. 계기판 숫자가 990미터에서 1000미터를 넘어서자마자 핸들을 내려놓는다. 그리고 로잉머신 오른편에 미리 놓아둔 물을 마신 뒤 운동화 끈을 고쳐 매며 거친 숨을 돌린다. 다행히 계기판이 1분 정도는 그 상태 그대로 기다려준다.

두 번째 레이스 시작이다! 두 번째는 첫 번째만큼 힘을 쓰지 못한다. 이미 1000미터를 갔으니 체력 소모가 심하다. 제자리 뛰기와 팔운동을 동시에 하는 셈이니 매우 효과적인 전신운동이지만 한번 시작하려면 그만큼의 각오가 필요하다.

자꾸 고개가 옆으로 기운다. 지나가던 트레이너가 이 때를 놓치지 않고 자세를 바로 하라고 주의를 준다. 힘든 걸 억지로 하려니 온몸이 뒤틀릴 수밖에. 얼굴이 오만상이라 안 봐도 흉하다는 걸 알지만 지금 표정관리 운운할 때가 아니다. "아오, 아오!" 하면서 두 번째 주행을 마친다. 이제 고비는 넘겼다.

세 번째 레이스부터는 목에 수건을 두르는 게 좋다. 땀이 흘러내려 상의를 적시면 젖은 채로 있다가 땀이 식으면서 감기에 걸리기 쉽다. 머리, 얼굴에서부터 시작된 땀이 곧장 흡수되게 수건을 비스듬히 돌돌 말아 목에 감아야 한다. 그냥 가로로만 접기에는 내 목이 굵다. 겨우겨우 3000미터 달성. 눈에 들어간 땀의 소금기 때문에 눈을 꿈

빽거린다. 아직 젖지 않은 상의 끝단으로 소금 눈물을 닦는다.

손에도 땀이 찼으니 바지에 쓱쓱 닦고 잠시 쉬었다가 네 번째 레이스를 펼친다. 3000미터 넘어가면 슬슬 손바닥에 굳은살이 박이기 시작한다. 조금의 자극에도 쉽게 베이거나 상처가 나는 손에 장갑 끼는 걸 그만 깜빡했다. 낡고 얇은 가죽 장갑의 손가락 둘째 마디까지 잘라 재활용한 보호 장비인데, 손가락 부분을 넉넉히 자를 걸 그랬나 싶었다. 손가락 부분이 밭아 별 효과도 없는 어설픈 장갑이라도 없으니 아쉽다. 다음부터는 꼭 챙겨야지. 손바닥 굳살, 남들이 보면 무슨 일꺠나 한 줄 오해할라.

마지막 다섯 번째는 힘이 다 소진된 상태지만 마음을 다독인다. 목표치가 얼마 남지 않았다고. 1000미터를 가려면 5분이 넘게 걸린다. 1000미터마다 땀도 닦고 눈으로 들어간 짠 물도 닦고 발받침의 고정벨트도 다시 조이며 쉬느라 5000미터까지는 28~29분 정도 걸린다. 그나마 어느 정도 숙달이 돼서 그렇지 처음에는 30분도 훨씬 넘게 걸렸다. 속도도 23~24로 굉장히 느렸고, 완주한 게 용하다 싶을 만큼이었다.

노 젓기를 하고 난 다음날은 틀림없이 허리가 뻐근하다. 허리가 원래 좋지 않아 아픈 건지 잘못된 자세 때문인 건지 아님 운동량 때문인 건지 알 수 없지만 부디 세 번째 이유이길 바란다.

150번에 5번을 반복하여, 총 750번 저어 5000미터를 가는 노 젓기. 일부러 세본 것이 아니라 하다 보니 알게 된 나만의 패턴이다. 이 단순 반복을 하며 나는 이걸 왜 하고 있나 자문하다가 문득 지난 주말에 꾸역꾸역 챙겨먹은 생일 케이크와 초코과자, 버터를 잔뜩 바른 토스트 등을 떠올렸다.

내 몸의 지방 덩어리들을 떼내야 했다. 폭식을 안 했다면 노 저을 필요도 없었을 텐데. 이어폰으로 신나는 음악을 들으면서 로잉머신 앞에 있는 러닝머신이나 타면 됐을 텐데. 러닝머신을 하고 있는 사람들의 뒷모습이 경쾌해 보인다. 나는 벌을 받고 있는 것 같다. 의식의 흐름은 〈무한도전〉 조정 편, 대학교 응원전, 때로는 왔다 갔다 하다가 아득한 저편으로 넘어간다.

말수 없고 소심한 일곱 살의 나는 아파트 단지 구석에

서 들리는 왁자지껄한 소리가 궁금해 슬리퍼 차림으로 살며시 다가갔다. 아이들이 옹기종기 모여 잡아온 개구리들을 만지며 놀고 있었다. 손안의 개구리, 무릎 위에 놓여 있는 개구리, 플라스틱 병 안의 개구리……. 지금은 보기 힘들지만 당시에는 흔한 청개구리였던 것 같다. 한꺼번에 여러 마리를 본 건 처음이라 신기한 마음에 나도 모르게 점점 다가섰다.

그때였다. 개구리가 한 마리가 내 눈 앞으로 폴짝 뛰어올랐다.

"와아악! 엄마야!"

너무 놀라 몸서리를 치며 몸을 돌려 내닫기 시작했다. 아이들의 "하하하!" 웃음소리가 뒤에서 들려왔다. 다리가 바들바들 떨려 생각만큼 잽싸게 움직여지지는 않았다. 한 다섯 발자국쯤 뛰었을까? 뒤를 돌아보니 아이들이 있는 곳과 뛰어온 궤적 사이에 형체를 알아볼 수 없이 뭉개진 작은 개구리 한 마리가 놓여 있었다.

녹색바탕에 검은 무늬가 흩어진 자그마한 청개구리는 내가 뛰쳐나갈 때 그만 슬리퍼에 깔려 거무죽죽한 회색빛 덩어리로 쓸리고 말았다. 물에 불은 작은 신문지 뭉치 같기도 하고 손때 묻은 청회색 밀가루 반죽 같기도 했다. 오른쪽 발 가운데가 저릿저릿했지만 비온 다음날이라 발이 젖을까봐 슬리퍼를 벗지 못한 채 겨우겨우 집으로 돌아갔다. 그 후에 신고 있던 슬리퍼는 어떻게 됐는지 기억이 나지 않는다. 단지 내 아스팔트길에 처참하게 깔린 개구리도 어떻게 되었는지 다시 가볼 엄두가 나지 않았다.

나도 모르게 밟아 죽인 개구리에 대한 죄책감은 그 후에도 무심히 없앴을 다른 몇몇 생명들과 함께 마음 한구석에 두고두고 남았다. 그래서 일이 꼬이고 좌절할 때마다 역시나 그 때문에 단죄를 받고 있는 거라 여겼다. 남들이 들으면 말도 안 된다 비웃을 일이라 아무에게도 말하지 못했다. 어린 날의 나와 다 자란 나만의 비밀이었다.

'힘들다, 힘들다' 하면서도 무던히 노를 젓고 있는 나는 어쩌면 이룰 듯 이룰 듯 이루지 못하는 그놈의 성공이라는 갈망과, 될 듯 될 듯 되지 않는 내 인생에 물음을 던지고 있는지도 모른다. 무난하고 평탄하게 갈 수 있는 삶을 굳이 우기고 억지 부려서 힘겹게 만든 아집과 편협함을 꾸짖고 있는 지도 모른다. 내 안의 내가 그래도 싸다며, 이것으로라도 차차 갚아나가라고 하는 듯하다.

행복은 양이 아니라 빈도라고 했던가. 한 번에 왕창 느끼는 행복보다 작고 소소하게 느끼는 행복들이 오래간다는데, 어쩌면 벌의 차감도 속죄도 양이 아니라 빈도가 아닐까. 켜켜이 채워 넣는 게 아니라 천천히 덜어내는 죄수의 형량처럼, 지난 날의 후회와 자책을 게워나갈 수 있다면 한 번에 왕창보다 조금씩이라도 찬찬히 날마다 비워가는 게 낫지 않을까.

밀린 빚처럼 잘못을 하루하루 갚아나갈 수만 있다면 얼마나 불행 중 다행일까. 한 방에 해결할 수 있는 건 아닐지라도, 노를 저을 때마다 티끌만큼이나마 마음의 짐을 떨칠 수만 있다면 언제까지라도 지속할 수 있을 것 같다.

그로부터 며칠 후, 이번에는 잊지 않고 장갑을 챙겼다. 노 젓기를 시작하는데 비어 있던 왼편 로잉 머신에 한 분이 착석했다. 둘은 고개 인사를 나누고 말없이 노를 젓는다. 상대방 속도를 의식하지 않고 나만의 흐름을 유지하는 것이 덜 지치고 오래 저을 수 있는 비결이다. 옆 사람은 어떤 마음으로 노를 저을까. 어떤 고민과 번뇌가 떠올랐다가 사라질까, 어떤 후회와 자책을 비우고 게워낼까 궁금하다. 아니면 무념무상의 진정한 고수일지도.

5

시나브로 미술 동아리

미술은 어릴적 추억을 소환한다

미술 동아리는 가장 늦게 시작한 따끈따끈한 취미 생활이다. 안식년을 앞둔 회사 선배의 권유로 가입했는데 격주라 한층 부담이 없었다. 지금은 정년퇴직 후 사우회에서 활동하고 계신 미술감독님이 창립하신 사내 동아리다. 몇몇 그림에 관심이 많은 사원들이 미술 각 분야의 숨은 사내 고수들을 초빙하여 기술을 전수받는 은밀한 모임이다.

비밀스럽다고 느낀 이유는 딱 하나, 장소 탓이었다. 그

곳은 회사 꼭대기 헬기 착륙장보다 한 층 위 창고에 슬며시 자리 잡고 있다. 미술 동아리가 아니었다면 꿈에도 몰랐을 자그마한 아지트였다.

가슴 떨림을 느끼다

처음 간 날은 마침 주 52시간 근무 시행으로 앞으로는 새벽 근무를 할 수 없을지도 모른다는 통보를 받아 속이 시끄러운 날이었다. 8년 동안 몸에 익었던 패턴을 바꾼다고 생각하니 심란했다. 늦게 오는 엄마를 그리워하다 울음을 터뜨릴 아이 얼굴도 떠올랐다.

미술 동호회장은 빳빳하고 작은 종이를 주며 처음부터 끝까지 펜을 떼지 않고 그야말로 펜이 가는 대로 마음이 가는 대로 아무 그림이나 그려보라고 했다. 일단 펜을 움직이자 신기하게도 펜이 그 뒤부터는 알아서 움직였다. 시작할 때 가슴이 작게 떨리다가 마음에 맺힌 실타래도 절로 풀리는 듯했다. 시간이 흐르고 마음이 진정되며 첫 작품이 완성됐다. 초보자가 아닌 것 같다는 아마추어끼리의 칭찬이 이어졌다. 공치사였겠지만 기분이 나쁘지 않았다. 2주 뒤에는 캐리커처 그리기를 할 건데 1일 강사는 역시 퇴직하신 사우라고 했다. 가입 기념으로 펜 세트와 습작 노트를 받았다. 작년에 미술 동호회가 인사동에서 작은 전시회를 했다는 것 정도는 알고 있었다. 계속해서 실력을 닦아나간다면 나도 언젠가 그 틈에 내 어설픈 그림 하나를 쓱 밀어 넣을 수 있지 않을까 살짝 기대된다.

순정만화를 그리던 솜씨로

기다리던 캐리커처 그리기 시간이 왔다. 격주 수업이다 보니 스케줄을 착각하신 일일 강사의 부재로 동호회장이 직접 강의를 했다. 요즘은 유튜브로 못 하는 것이 없어 캐리커처 관련 동영상이 수도 없이 많았다. 그중 하나를 선택해 영상을 같이 보고 미리 출력해온 밑그림을 연필로 따라 그렸다. 요즘 유행어로 '유 선생님'이라고 한다. 유튜브를 선생님 삼아 창던지기를 연습한 한 아프리카 선수는 2016년 브라질 리우 올림픽에 출전해 은메달을 땄고, 2015년 세계선수권에서는 당당히 우승을 차지하기도 했으니. 잘만 검색하면 웬만한 취미생활쯤은 문제없이 시작할 수 있다.

캐리커처의 사전적 정의는 '인물 또는 의인화된 동식물을 제재로 하여 익살, 유머, 풍자 등의 효과를 노려서 그린 그림'을 말한다. '과장된 것, 왜곡된 것' 등의 뜻을 지닌 이탈리아어 'caricatura'에서 나온 말이니만큼 표정이 잘 드러나는 얼굴의 특징이 크게 부각되므로 대개 무지막지한 가분수로 표현된다.

"그럼 캐리커처랑 팝아트는 뭐가 다른 거지?"

동호회원 중 누군가가 갑자기 떠오른 의문인 듯 질문을 던졌다. 신문의 만화, 상업디자인, 영화의 스틸, TV 등 매스 미디어의 이미지를 적극적으로 주제 삼는 팝아트는 인물을 굳이 가분수로 표현하지 않는다는 점에서 캐리커처와 구분되지 않을까 나름대로 추측해본다.

내 마음대로 그리는 추상화에 이어 캐리커처 시간에도 칭찬을 받았다. 아마도 내 또래 여성들이라면 한 번쯤 푹 빠졌을 순정만화 덕택이었다. 《베르사이유의 장미》, 《들장미 소녀 캔디》, 《유리가면》 등의 영향으로 초등학교 고학년부터 중학교 때까지 교과서 여백과 노트는 온통 순정만화 습작투성이였다. 얼굴의 반은 차지할 것 같은 커다란 눈에 반짝이는 눈망울, 구불거리는 풍성한 머리카락, 가늘고 긴 목과 예술적인 손가락……. 소싯적 그렸던 순정만화 캐릭터는 캐리커처와 무척 유사했다. 남성들은 몰랐던 순정만화의 세계 덕분에 그림을 조금은 잘 그리는 '유망주'로 떠올랐다. 본격적인 그림 그리기에 돌입하면 곧바로 들통 날 실력이지만, 좀처럼 칭찬을 듣기 힘든 회사에서 일이 아닌 취미를 공유하며 덕담을 나눌 수 있어서 훈훈했다.

가입하자마자 얼마되지 않아 한 달간의 자체 방학 기간을 갖는다고 했다. 새 학기에 배우고 싶은 분야가 있냐는 물음에 몇 년 전 사내 리더십 캠프에서 원데이 클래스로 배운 캘리그래피를 건의했다. 아름답게 표현한 손 글씨를 뜻하는 캘리그래피. 취미삼아 배워서 좋아하는 사람들에게 부담 없이 선물로 줘도 좋을 것 같았다. 취미의 세계는 끝이 없고 재야의 고수들은 참으로 많다.

Chapter 3

가만가만
걷는 길,
산책

1

일석이조 공원산책

국내 첫 코로나19 확진자가 나온 지 1년이 훌쩍 넘어간다. 회사에서 하는 줌바, 미술동호회 등은 잠정중단됐고 사내 헬스장도 언제 다시 불이 켜질지 알 수 없다.

그동안 집에서 이것저것 시도해보았다. 하루에 스쿼트 백 번 하기로 흐늘대는 엉덩이 밑살의 화를 돋우려 애썼으나 날이 더워지면서 전투력이 떨어져버렸다. 엉덩이는 축 처진 반달 모양으로 여전히 사람 좋은 눈웃음을 짓고 있다. 운동 앱도 설치하여 따라했다. 기계음과 타이머가 횟수를 체크하고 남은 시간을 알려주며 각각의 동작을 격려해줬다. 이렇게라도 운동을 지속할 수 있어 '아쉽지만 그래도'라는 생각으로 며칠 시키는 대로 했지만 주말을 지나며 마음이 해이해지고, 해야 한다는 생각마저 잊었다.

'띠릭, 띠릭~ 오늘 운동 안 한 지 정확히 ○○일 짼니다.'

알림 숫자가 커질 때마다 공연히 귀찮고 부담스러워서 깔아놓았던 2개의 운동 앱, 플랭크와 하체운동을 깨끗하게 지웠다.

대신 출근하자마자 지하3층 주차장에 차를 대고, 1층부터 사무실이 있는 12층까지 계단을 걸어 올라갔다. 6, 7층부터 숨이 가빠지고, 9, 10층부터 껙껙대며 마스크를 벗어 제쳤다. 창문이 닫혀 있어 더 갑갑하고 숨쉬기 곤란했다. 아무리 회사지만 인적이 드문 이른 아침시간에 비상계단을 오르고 있으니 약간 무섭기도 했다. 결국 '그러다 무릎 다치겠다'는 주변의 만류를 못 이기는 척 받아들였다.

계단을 헉헉대며 오르다가 문득 창문 밖으로 보이는 공원의 녹음이 유독 짙푸르고 상쾌하게 느껴졌음을 떠올렸다. 새벽 라디오 방송을 마치고 길 건너 공원을 찾았다. 휴대전화에 만보기 앱을 장착한 뒤 열심히 흔들며 동그란 공원을 뱅글뱅글 돌았다. 만 보까지는 아니지만 7, 8분 거리의 공원 한 바퀴를 합이 4~5번, 한 30~40분쯤 돌면 7000~8000보 이상은 걸은 것으로 기록되어 뿌듯했다. 살짝살짝 나무향기도 맡고, 영어로 된 팟캐스트도 듣고, 만보기 앱에 걷는 만큼 기록되어 좋은 일에 쓰인다니 보람찼다. 여러 일을 동시에 해내는 유능한 멀티 태스커가 된 기분도 들었다.

"현경아, 현경이 맞지? 나 모르겠어?"

어떤 이상한 아저씨가 나타나 알은체를 하며 맛난 걸 사달라고 다짜고짜 조르지 않았다면 난 아마 불가피한 휴지기 없이 매일 아침 도심 속에서 피톤치드 내음을 마음껏 느낄 수 있었을 것이다.

아아, 코로나19, 산 것도 죽은 것도 아닌 것이 다른 소중한 생명을 무차별로 바스러뜨리고 무자비하게 앗아가는 미증유의 괴물.

"이건 꿈이야, 악몽이라고!"

절규하듯 울음을 터뜨리는 우리 아이의 말처럼 그저 한낱 꿈이었으면 좋겠다. 확진자 수는 우상향 곡선을 가파르게 그리며 이리 난리, 난리를 치는데, 어느 날 쥐도 새도 모르게 사라져버렸으면 좋겠다.

그때까지 우선은 건강하게 살아남는 것이 우리의 도리다. 마스크 위로 빼끔히 내놓은 다정한 눈빛과 따스한 눈웃음이 서로에게 든든한 버팀목과 지지대가 되어준다. 길고 지루한 악몽에서 깰 그날까지 마스크 챙기고, 손 자주 씻고, 생활 속 거리두기도 잊지 말아야겠다. 나를 위해서, 남을 위해서, 결국 우리 모두를 위해서.

한동안 투명한 회사 엘리베이터에서 내려다보이는 공원을 눈으로 염탐하며 그 수상한 분이 사라졌다는 걸 확인하고는 산책을 살며시 재개했다. (나중에 그분께 라디오 프로그램을 통해 사과의 편지를 받았다. 워낙 큰 목소리로 말씀하셔서 놀랐지만 괜, 괜찮아요.) '원 데이 원 만보'라는 자체 구호 아래 1일 1만 보를 실천 중이다. 초창기에는 사은품으로 혓바늘을 받았다. 요즘은 걸음 수만큼 기부가 가능한 앱을 하나 더 추가했다.

행여 몸에 무리라도 갈까봐 주말과 우천 시에는 쉰다고 해놓고는 장마와 태풍 조짐에도 아랑곳없이 우산을 든 채 젖은 운동화로 공원 탑돌이를 하고 있는 나를 발견할 때가 종종 있었다. 가을엔 떨어진 은행 열매를 피해 요리조리 헤매고 다니는 게 가장 큰 난관이었다. 하지만 칼바람 부는 한겨울 이른 아침을 제외하고는 '담자, 담자. 눈에 초록을 많이 담자. 아침마다 새소리를 들어야 잘 사는 거지. 하루에 한 번 흙 정도는 밟아줘야 사람답게 사는 거지'라고 다독이며 도심 한 블록 정도 크기의 공원 주변을 일방통행 차들과 마주보는 방향인 반시계방향으로 뱅뱅 돈다.

아, 말나온 김에 한 가지, 파워 워킹을 하는 경우 팔과 다리를 앞으로 크게 내밀어 흔들지 마시기를. 오히려 사지를 힘껏 뒤로 보낸다는 생각으로 몸을 밀고 나가야 남보기에도 폼 나고 칼로리 소모 역시 크다. 공식 출처는 내 머릿속이다.

이렇게 돌고, 돌고 또 돌다 보면 떡처럼 뭉쳐 있던, 여기저기 엉겨 붙은 잡생각들이 돌처럼 딱딱하게 굳기 전에 흐물흐물 풀어져 나온다. 운동효과는 기본이고, 문득 떠오르는 한두 문장의 글 오라기를 휴대전화 메모 앱에 재빨리 붙들어 챙기는 부수입도 짭짤하다. 이 고마운 일석이

조 산책을 어찌 마다할 수 있으랴. 그러니 놀면 뭐해? 세상은 넓고 찾아보면 할 일은 아직 남아 있다. 오늘 아침도 회사 바로 옆 공원의 중심에서 마스크를 쓴 채 소리 없이 외쳐본다.

코로나19 시대에도 '소확행'은 계속되어야 한다고.

그러니 우리 모두 다 함께, 뭐라도 'Just do it' 하자고.

2

마음공부 오전산책

새벽근무가 얼추 끝나자마자 엉덩이가 들썩거린다. 손은 잔업인 편집과 송출을 위해 마우스를 잡고, 키보드를 두들기고 있는데 몸이 자꾸 나가자고 한다. 잠시 일손을 놓고 굽 높은 신발을 조깅화로 갈아 신은 뒤 휴대전화와 이어폰을 챙겨 회사 바로 옆 공원으로 향한다.

공원 탑돌이를 할 때 대개의 사람들은 반시계방향으로 돈다. 갑작스러운 화재에 단전이 되어 주변이 암흑천지일 때 대부분 왼쪽방향으로 대피하더라는 인간의 본능과 뭔가 연관이 있는 것 같긴 한데 자세한 이유는 잘 모르겠다. 나도 그 물결에 편승한다.

댄스 버전의 트롯을 틀어놓고 봉 돌리는 아저씨의 움직임이 경쾌하다. 배드민턴 치는 사람들의 탄식과 환호성이 우렁차다.

"혹시 집이 이 근방이세요?"

매일 부딪히는 야쿠르트 아주머니의 질문에 고개를 살짝 가로저으며 미소를 짓는다.

유모차에 네 마리 개를 긴 줄로 묶어놓고 산책 나오는 할머니와 자주 마주친다. 두 마리는 할머니와 같이 걷고, 두 마리는 유모차에 타고 있다. 타고 있어야 마땅할 것 같은 가장 어리고 콩알만한 녀석이, 제일 씩씩하게 걷는다. 오히려 큰 녀석 둘이 우아하게 탑승하고 있다. 조금 의아했는데 곰곰이 생각해보니, 녀석들은 성견을 지난 노견인 듯싶다. 기력 없는 이들에게는 바깥 바람 쐬는 일조차 큰 결심이 필요한 법이니 이렇게라도 집밖에 나오는 것으로 그 둘에게는 적잖은 활력이 될 것이다.

계절이 바뀌고 있음을 알리는 비가 한바탕 훑고 지나간 아침, 영문 모르고 공원 도로에 마실 나왔다가 무심한 발걸음에 밟혀죽을까 앙상한 나뭇가지 들고 느릿느릿 지렁이들을 흙 쪽으로 긁어 던지는 할머니의 손길이 거칠지만 마음만은 따뜻하다.

운동화 발끝을 스치듯 가로지른 생쥐 한 마리에 눈 한 번 꿈쩍하지 않고 바삐 가던 길 재촉하는 어느 어머니의 내공이 놀랍다. 그보다 반 보 정도를 뒤따르던 나는 쿵 하고 심장이 내려앉고 간이 '엄마야!' 하고 푹 떨어졌는데.

풀숲을 헤치고 무언가를 찾기에 열심인 아주머니의 모습도 눈에 띈다. 옷 앞섶을 주머니 삼아 열매를 잔뜩 담은 모양새가 터질 듯 오물거리는 다람쥐 볼 같다. 길에 떨어진 것은 어쩔 수 없다지만 덤불에 숨어 있는 도토리나 밤은 그냥 놔두시는 게 어떨는지…….

공원 가운데에서는 벤치에 앉아 있는 한 아저씨가 이른 독서에 한창이다. 마스크만 쓰셨다면 더없이 완벽했을 가을의 멋들어진 풍경이다. 다른 쪽 벤치에는 누군가 축 늘어져 있다. 고개를 푹 떨군 채 배 내밀고 앉아 있는 중년의 아저씨를 아침 일찍부터 그토록 힘 빠지고 무기력하게 만든 이유가 뭘까 가만히 헤아려 본다.

남을 살피던 시선이 나에게로 향할 때면 내 마음의 소리도 들린다. 다정도 병이라 조심스레 타인에게 쏟은 애정이 선부른 기대 탓에 상처로 남을 때는 그냥 놓아주라,

흘려보내라고 한다. 마음이 조금 더 넓은 사람이 품어야 하지 않겠느냐고 위로해준다.

존재감 없는 사람들의 무기는 진정성이라고, 언젠가 멋지게 드러날 그날을 위해 절차탁마를 멈추지 말라는 격려도 해준다. '웰 다잉'이라는 인생의 목표를 위해 하루하루 '웰 빙' 하라는 다정다감한 전략도 짜준다. 아이와 나섰다면 고난의 행군이었을, 혼자 나선 산책길이 얼마나 홀가분하냐며 농담도 건넨다.

오늘도 마음을 데리러 가는 길. 마음이 내는 작은 목소리에 귀를 기울인다. 마음이 살금살금 조심스레 털어놓은 티끌 같은 단문들을 휴대전화 메모 앱에 닥닥 긁어모아 천천히 흔들리지 않을 만큼만 단단하게 꼬고 엮어야겠다.

마음을 곱게 접어 넣어 두어도 아쉬울 판에 발로 구겨 넣고 엉덩이로 밀어 넣어 억지로 봉했던 이야기들도 흘러나온다. 동굴에서처럼 머릿속을 왕왕 울리기도 하고 심장으로 와서 바로 아릿하게 꽂히기도 한다. 오랫동안 기다려왔는데 들어주기 시작한다 싶으니 눈치만 보고 있다가 이제는 서로 먼저 나오겠다고 난리다. 사화산이 갑자기 활동을 재개한 것 같다. 처음 겪어본 소리 없는 아우성에 적잖이 당황해서 검지를 세워 입술에 대고 낮게 속삭인다.

'쉿, 얘들아 서로 밀지 말고 가만가만 줄 좀 서. 일렬로 차례차례. 하나도 남김없이 다 꺼내줄게. 믿고 기다려봐. 대신 시간은 좀 걸린다.'

그동안 열심히 산다는 핑계로 미처 돌보지 못한 내 마음을 찾아 떠나는 여행, 마음 구석에서 오랫동안 웅크려 울고 있었던 나를 발견하기 시작한 게 불과 얼마 전이다. 더 일찍이었다면 좋았겠지만 더 늦기 전은 아니라 오히려 안심이다. 내 마음과 진솔하게 이야기 나누는 귀한 시간을 이번에도 어김없이 애써 짬 내어 마련했다.

'오늘 하루도 허투루 살지는 않는구나.'

나는 매일 조금씩 점점 더 내 마음에 가 닿는다.

3

아이동반 동네산책

9월의 어느 멋진 연휴 날, 휘영청 둥근 달이 달무리에 둘러싸였다가 마침내 검은 구름 사이로 가려질 때까지 소원을 빌고, 그것도 모자라 근처에 반짝이던 북극성에게까지 간절함을 담았던 다음날 아침이었다.

집 근처 문화공간을 산보삼아 둘러보려는데 잠이 채 깨지 않은 눈을 비비며 아이도 따라 나섰다. 고양이를 만날 수 있을지 모른다며 잠자던 그 복장 그대로 서둘러 겉옷만 걸쳤다. 혼자 지퍼를 잘 여밀 수도 없는 서투른 손길이었지만 의욕만은 넘쳤다. 얼마 전 숲과 나무가 우거진 그곳에서 고양이를 마주쳤다는 나의 말에 평소에는 시시

하다며 가지 않던 길이 달리 보인 것이다. 일찍 일어난 아이를 혼자 놔두고 갈 수 없어서 머플러를 둘러주고 모자를 씌워주었다. 실로 오랜만의 동행이었다.

내 이럴 줄 알았다. 역시 아이와 나선 길은 산책이 아니라 행군이었다. 늘 가던 길, 늘 보던 것들을 지나치지 못하고, 뭉게구름이 손에 잡힐 듯 탐스러운 가을 하늘을 거북목이 사슴 목 되게 올려다볼 새도 없이 지척에 두고도 생전 안 가본 높은 육교 위를 오르락내리락하느라 오금이 저렸다. 행여 아이가 떨어지기라도 할세라 온몸이 저릿저릿한데도 신경은 온통 아이에게 쏠려 있었다.

내리막길을 기세 좋게 뛰어 내려가는 아이를 뒤쫓느라, 차도와 인도의 경계를 짓는 보도블록을 아슬아슬 줄타기 하는 아이의 후드 티 모자 부분을 붙잡느라 여느 산책과는 다르게 아침부터 마음이 바쁘고 정신이 산란했다. 어느 작가의 말처럼 헤매는 것이 인생이라더니, 헤매는 것은 인생길에서뿐만이 아니었다. 산책길에서도 그러했다.

하지만 길이 아니면 가지도 말라던 기성세대들이 이제는 없던 길도 개척하라고 성화를 부리는 마당에 평소에 가지 않던 길을 가보니 아이와 함께한 산책에 신세계가 열렸다.

처음 밟아본 길에는 낯선 친구들이 여럿 있었다. 이름 모를 벌레들에게 일일이 인사를 건네는 아이를 따라 나도 주변에 다양한 생물들을 관찰했다. 세상에는 아직 인간들이 이름을 붙이지 못한 곤충들이 무수히 많다지. 그깟 사람들이 제 평가와 기준대로 갖다 붙인 이름이 있건 없건 그들은 신경 쓰지 않고 그저 제 하루를 여느 때처럼 열심히 살고 있다.

"그런데, 이건 뭐지?"

콩깍지를 반으로 잘라 엎어놓은 것처럼 생긴 것들이 낙엽과 엉켜 있어서 처음에는 정말 기다란 콩껍질인 줄 알았다. 보송보송 겉에 난 솜털까지 꼭 닮아 있었다. 그런데 가만히 보고 있자니 가만히 있어야 할 무언가가 아주 조금씩이나마 움직거리는 것 같았다.

"이거 민달팽이야."

아이가 먼저 알아챈 민달팽이를 난생 처음 봐서 신기한 마음에 동영상을 찍었다. 어찌나 느릿느릿 스르륵거리던지 꽤 한참 동안 촬영하고 있어야 했다.

회사 근처 공원에서처럼 이곳 아스팔트 도로 위에도 어김없이 지렁이들이 갈 방향을 몰라 우왕좌왕하고 있었다. 그대로 두면 옆쪽에 널려 있는 수많은 지렁이들처럼 꼬들꼬들 말라갈 것만 같았다. 회초리같이 적당한 가늘기에 단단한 나뭇가지를 골프채 삼아 지렁이를 축축한 덤불로 솜씨 좋게 긁어 던지던 할머니가 떠올랐다. 그 할머니의 손길이 얼마나 능숙했던 건지 그때는 미처 몰랐다. 주섬주섬 찾아낸 나뭇가지에 얌전히 걸려야 할 지렁이들이 '아이고, 나 죽네!' 하면서 심하게 꿈틀거렸다. 휴지를 대고 조심조심 건져 올리려고 했는데 그 흐물흐물 꼼지락거리며 요동치는 녀석에게 닿는 순간 그만 손에 힘이 풀리고 말았다.

그때 통통하고 하얀 손가락 두 개가 거침없이 지렁이를 그러쥐더니 풀숲에 조심스레 올려놓았다. 아이는 손가락 두 개를 다섯 개로 펼쳐들어 다정스레 흔들며 말했다.

"안녕, 지렁이야, 잘 가!"

아이와 나선 길. 내 마음을 데리러 갈 짬은 내지 못했지만, 자연과 함께였고, 지나가던 야생고양이들과도 통성명을 했다. 녀석들은 성가셔 했지만. 무엇보다 지렁이 세

마리를 살렸다. 그리고 아이와 두고두고 나눌 수 있는 작지만 소중한 추억 한 조각을 건져 올렸다.

혼자여도 좋고 함께여도 나쁘지 않은 산책길. 사랑은 내 시간을 기꺼이 내어주는 것이라는데, 어쩌면 제 시간을 흔쾌히 내어준 쪽은 오히려 내가 아닌 아이가 아니었을까. 평소보다 늦게 뜬 아침밥을 뚝딱 비우고 한 그릇 더 펐다.

GOALS
1.
2.
3.

Chapter 4

놀면 뭐해? 집에서도 사부작사부작

1

매일매일 당 보충

나의 오레오 사랑

작고 사소한 일이지만 행복감을 느낄 때를 소소하고 확실한 행복, 소확행이라고 한다. 누가 지었는지 모르겠지만 '혼밥' 이후 최고의 신조어이자 이제는 일상용어가 되었다. 나에게도 매일매일 즐기는 소확행 몇 가지가 있어 소개해보려 한다.

마트에 가면 오레오라는 과자가 있다. 진한 초코 비스킷 사이로 흰 크림이 박혀 있어 우유와 함께 먹으면 저절로 광대가 승천한다. 나는 오리지널 흰 크림보다는 가운데마저 초코크림인 초코 오레오를 더 좋아한다. 마트에 가서 초코크림 오레오가 2+1인 걸 발견하면 그날은 요즘 말로 '득템'하는 날, 옛날 말로 계 타는 날이었다. 최근에는 핑크색 녹차맛이 한정판으로 출시되었다. 크림의 종류는 비스킷 속 크림 색깔만큼 다양해졌지만 그래도 언제나 나의 선택은 초코크림이었다.

그런데 어느 날은 가게에 초코크림만 쏙 빼고 흰 크림, 레드 크림, 카멜 크림이 죄다 있는 것이 아닌가? 은근히 섭섭했다. 다음부터는 마트에 가거나 편의점에 들르는 날엔 어김없이 과자 코너로 가서 오레오 초코크림이 있는지, 2+1 행사를 하고 있는지부터 확인했다. 그리고 한 치의 망설임도 없이 얼른 오레오를 사다가 찬장 선반에 쟁여놓았다. 사내 편의점도 하루에 한 번씩은 꼭 참새가 방앗간 순찰하듯 지나치지 않는다.

아이는 희한하게도 두 개의 비스킷 사이에 크림이 단단히 자리 잡고 있는 완전체를 굳이 반으로 갈라 가운데 초코 크림만 먹고 비스킷은 버린다. 모르고 거실을 걷다 밟을 수도 있어 아예 초코크림만 빵 칼로 한꺼번에 발라서 아이에게 먼저 준 뒤, 나머지 비스킷들을 모아놓고 천천히 음미한다. 책 읽을 때, 글 쓸 때, 입이 심심할 때 우유와 곁들이며 먹으면 좋다.

방송에서는 특정 브랜드를 언급하면 안 된다. 오레오가 아니라 오○○이라고 해야 하나? 글이니까 오레오라고 밝혀도 되겠지? 왜냐하면 나는 오레오와 상관없는 사람이고 지극히 개인적인 취향임을 밝혀둔다.

믹스커피와 새벽일

나는 매일 새벽 3시쯤 일어나 집안 식구들이 깰까 까치발로 살금살금 부엌에 가서 커피포트를 안방과 화장실 사이에 작은 통로로 가져다놓는다. 물 끓이는 소리가 새어나갈까 조심조심 문을 최대한 소리 안 나게 닫고 휴대전화를 충전기에서 분리한 뒤 블루투스 키보드와 연결한다.

아, 그전에 작은방에 있는 와이파이 켜는 걸 깜박했다. 나가기 위해 다시 안방 문을 열자 문 여는 소리가 유난히 크게 들리고 거실에서 잠들어 있던 식구들이 살짝 뒤척인다. 작은방에 있던 와이파이 스위치를 켜고 안방으로 다시 돌아와 커피포트에 물이 끓기를 기다린다.

아침에는 반드시 모닝커피로 시작한다. 카페인이 들어가야 비로소 온몸 세포가 각성이 되는 것 같다. 특히 꼭 믹스커피 한 잔을 마신다. 해외 출장 때도 예외는 아니어서 출장 가방에 가장 먼저 챙긴 게 한 달치의 믹스커피였다.

그러고는 방과 화장실 사이의 작은 통로에 좌식책상을 놓고 키보드를 두드리며 글을 끄적거린다. 하지만 이내 주섬주섬 가방을 챙긴 뒤 양치질만 간단히 하고 집을 나선다. 새벽시간에는 회사에 아무도 없으니 글을 다듬거나 책 읽기 좋다. 그리고 읽은 책을 리뷰하거나 라디오 녹음을 하는 등의 업무도 집중력있게 할 수 있다.

함께 사는 엄마는 왜 꼭두새벽부터 나가느냐고 회사에 너무 충성하는 거 아니냐고 걱정부터 하신다. 더 있다 가라고 어두컴컴한 새벽 출근길을 차로 달리는 딸을 염려하신다. 그럴 때마다 나는 이렇게 대답하고는 손 인사를 한다.

"엄마, 여기는 내 공간이 없어."

알고 보니 몸이 원한 건 카페인과 달달함

언젠가 SBS 예능프로그램 '불타는 청춘'에서 이름이 비슷해서 친근한 오현경 씨가 나온 걸 본 적이 있다. 아침에 일어나자마자 버릇처럼 익숙하게 초코파이 하나를 통째로 얼른 입으로 집어넣는데 옆에 누워 있던 다른 출연자가 한마디했다.

"먹지 마. 당뇨 생겨."

그런데 아랑곳 않고 응수한 오현경 씨 대답이 이랬다.

"먹어야 돼. 안 먹으면 당 떨어져."

내가 믹스커피를 좋아하는 이유도, 여행과 출장 때마다 가장 먼저 챙기는 이유도, 아마 카페인과 당을 동시에 섭취할 수 있어서일 거다. 거기에 프림까지 들어가니 출출할 땐 든든한 한 끼 대용으로도 가능하다. 한때는 가루 프림이 몸에 좋지 않다는 말을 듣고 다이어트도 할 겸 아침에 캡슐커피를 마신 적이 있었다.

믹스커피는 한 잔에 50kcal이고, 캡슐로 내려먹는 블랙커피는 겨우 5kcal이다. 간헐적 단식을 할 때도 차와 블랙커피는 0kcal로 쳐주기에 출출할 때 잠시 빈속을 달랠

수 있는 소중한 마실 거리였다. 하지만 블랙커피로 갈아타니 잠은 깼지만 공복이라 위가 쓰렸다. 카페인만 섭취해서인지 베개만 닿으면 자는 내가 중간에 잠이 깨서 숙면을 취하지도 못했다. 결국 캡슐커피는 상온의 멸균우유를 타서 블랙 대신 카페오레로 마시고 거기에 믹스커피까지 더해져서 마시는 커피 양만 늘었다.

아침, 아니 새벽에 카페오레를 마시면 속이 쓰리지 않은 대신 뱃속에서 꾸르륵 소리가 엄청나게 크게 들린다는 단점이 있다. 락토프리 우유가 아니라서 그런 건가? 새벽 라디오 〈이현경의 뮤직토피아〉를 진행할 때마다 어찌나 민망하던지. 그 소리가 마이크를 타고 전국에 방송되거나 외국에 계시는 청취자들에게도 꼬르륵 소리는 여지없이 무한 재생되어 볼을 발그레하게 만든다.

2

지극정성 108배

나의 오래된 트라우마

늦둥이이자 외둥이를 키우며 간절히 바라는 게 생겼으니 바로 아들의 초등학교 입학이다.

초등학교는 동네 가장 가까운 학교로 무조건 입학을 한다. 오히려 들어가지 않으면 안 된다. 선택의 여지가 없는 의무교육이다. 그런데도 굳이 엎어지면 코 닿을 근처 공립학교를 놔두고 경쟁률이 하늘 같은 국립초등학교에 온라인 지원을 한 것이다. 혹시라도 컴퓨터 추첨이 도우신다면 아이는 3대가 덕을 쌓아 복을 받는다는 '신의 아들'이 된다.

물론 동네 공립초등학교도 평판이 훌륭하다. 웬만한 사립초등학교보다 한 반당 학생 수도 적고 학부모들은 점잖다. 도보로 5분 거리인데다가 널찍한 운동장이 있어 아이들이 공차기에도, 모래놀이 하기에도, 미끄럼틀을 타거나 인공연못의 수생식물들을 관찰하기에도 더없이 좋은 환경이다.

다행히 국립초등학교도 가까워서 도보 이동이 가능했다. 거의 무상으로 수준 높은 교육을 받을 수 있기에 서울 시내 모든 학부모들이 일단 되든 안 되든 지원을 해놓고, 당첨(?)이 되면 이사 올 생각을 할 정도였다. 두 군데 다 좋지만 같은 값이라면 다홍치마다.

하지만 워낙 경쟁이 치열하다 보니 항간에는 아이의 대학 갈 운까지 끌어다 쓴다는 우스갯소리도 있다. 재학생 부모들이 들으면 요즘 같은 때 큰 싸움 날 악담이다. 그런데 대학 갈 운까지 좀 끌어다 쓰면 안 될까? 수험생 학부모들이 들으면 철모르는 소리라고 할지 모르겠지만 대학 운보다 초등학교를 어디로 가느냐가 나에게는 더 중요했다. 인생 초반기 첫 학교생활, 어떤 선생님을 만나는

지가 스무 살이 되어야 들어가는 대학의 '캠퍼스 라이프' 보단 인생 전체를 놓고 볼 때 훨씬 막대한 영향을 미치지 않을까 싶어서다.

앞에서 밝힌대로 나는 초등학교 3학년 때 담임 선생님께 지속적인 언어폭력과 정서적 학대를 당했다. 장사하느라 바쁜 엄마를 모셔오지 않는다고 나를 괴롭혔다. 선생님 자신이 마땅히 받아야 할 그 무언가를 받지 못해 갖은 트집을 잡아 어떻게 해서든 엄마가 오지 않으면 안 되게 만들었다.

결국 엄마가 한 번인가 두어 번 다녀간 후에야 선생님의 악담과 비아냥은 그쳤다. 하지만 후유증은 오래 남아 수십 년간 온몸 여기저기를 쑤셔댔다. 점차 통증에 둔감하다 못해 웬만한 정도에는 무감각해졌다. 깨닫지 못하고 있다가도 다른 증상으로 병원에 갈 때면 간호사들이 "어머, 이 정도면 꽤 아프셨을 텐데, 생활하기 불편하셨을 텐데"라며 친절히 일깨워주었다.

통증뿐 아니라 내 감정에도 나는 무감각해졌다. 타고난 성격 탓도 있지만 주눅 들고 무기력해 진 탓에 할 말을 제대로 하지 못하고 말을 삼키고는 했다. 어떤 상황에서 일어나는 내 감정이 맞는 감정인지 늘 확신이 없고 혼란스러웠다. 변명뿐 아니라 억울한 일을 당했을 때 나 자신을 보호할 해명이나, 하다못해 말대꾸도 제대로 하지 못해 오해를 사기 일쑤였다. 돌덩이가 가슴을 짓누르고 있는 것 같았다. 한숨만이 마음의 짐을 조금은 덜어내주었다.

내가 겪었던 트라우마 때문인지 유독 아이의 학교생활이 신경 쓰였다. 다행이 아이는 나와는 판이해서 호불호가 확실하고 재잘재잘 조잘조잘 말을 잘도 내뱉지만 또 나와는 정반대로 주변의 눈치를 아예 보지 않는 것도 걱정스럽다.

아이의 이런 성향 때문에 적응이 힘들어 어린이집을 두 군데 옮기고도 졸업을 하지 못했다. 여섯 살 때 파란 공을 뽑아 운 좋게 들어간 일반 유치원 생활은 익숙해지기까지 꽤 애를 먹었고 일곱 살인 현재는 드디어 생애 첫 졸업을 앞두고 있다.

창문 밖으로 보름달이 환하게 뜬 밤. 잠깐 눈을 감고 소원을 빌다가 문득 108배를 하면 어떨까 싶었다. 정화수를 떠놓고 빌었던 옛 시절 어머니들처럼 나도 108배를 하면 간절함이 전해지지 않을까. 달을 보며 절을 시작했다. 언젠가 한번 마음이 차분해진다는 말에 108배를 시도한 적이 있었다. 하지만 힘에 겨워 58배쯤 하고 포기하고 말았다. 하프 마라톤을 한 셈이다. 이번에는 염원을 담으니 단번에 풀코스인 108배를 완주할 수 있었다. 달님의 비호 덕분인가? 아이 일에 엄마는 초능력이 생긴다.

다음날도 보름달이 떴다. 전날보다 조금 더 높은 하늘에 있었다. 같은 위치에서 이번에는 눈을 감고 바라는 바를 머릿속에 그리며 절을 시작했다. 그런데 여긴 어디지? 분명 창밖을 보며 절을 하고 있었는데 한참 후에 눈을 떠보니 하얀 벽 같은 것이 나와 순간 당황했다. 머리가 앉은 자리에서 시계반대방향으로 90도쯤 돌아가 있었고 어느 순간 나는 창밖의 달이 아니라 하얀 아이 옷장에 대고 절을 하고 있었다.

'절을 할 때는 눈을 뜨고 해야겠구나.'

한 가지 진리를 깨쳤다.

그 다음날도 보름달이 있었다. 보름달은 하루이틀만 뜨는 게 아닌가 보다. 뒷다리가 당기고 허리며 등이 아팠지만 이왕 시작한 거 여러 번 할수록 좋을 거다 싶었다.

기왕지사 운동도 되게 일부러 두 팔로 만들 수 있는 최대한의 원을 그리며 합장을 했고, 허리를 굽힐 땐 배꼽에 힘을 주었다. 바닥에 닿는 두 팔에 체중부담을 줄이는 효과도 있었다. 배도 좀 들어가겠지.

그런데 평소에는 몸이 차서 한여름에도 찬물을 못 마시는 내가 이상하게 108배만 하면 30배부터는 몸에 열이 올라 양말을 벗고, 50배부터는 땀이 뺨을 타고 턱으로 떨어져 수건을 받쳐야 한다. 고비인 80배를 넘기면 90배는 관성으로 가고 고지인 108배에 다다르면 합장으로 마무리하며 고개를 조아린다. 빨리하면 힘이 덜 들지만 숫자에 연연해 마음을 헤아릴 수 없고, 천천히 하면 힘이 더 들지만 마음을 돌아보며 진행할 수 있다.

더 솔직하게 말하면 국립초등학교에 지원하고도 못미더워, 뽑혀도 수업료 때문에 걱정인 근처 사립초등학교에도 지원을 했더랬다. 요즘은 촌지에 관한 법도 엄격하고, 워낙 인성과 지성이 출중한 선생님들이 대부분인지라 괜한 걱정이고 핑계일지도 모르겠다. 하지만 초등 환경이 제일 중요했더라는 나만의 경험은 표어처럼 굳어져 있었다.

그런데 절을 하면 할수록 간절했던 마음이 어느덧 다

른 목소리를 낸다. '무슨 초등학교에 꼭 다닐 수 있게 해주세요'라고 간절하던 마음에서 '국립이든 사립이든 공립이든 뭐가 중요하겠습니까. 그곳이 어디이든 아이가 맞는 곳으로 다닐 수 있게 해주세요. 행복하게 지낼 수 있는 곳에 다닐 수 있게 해주세요. 정해주신 대로 다니겠습니다'로 마음이 변하기 시작한다. 마음은 찰흙 같다는 걸, 누군가에 의해 빚어지기고 하고 내가 빚을 수도 있다는 사실을 깨닫는 순간이었다.

추첨 당일 새벽 출근이라 일찍 일어났다. 컴퓨터 추첨이라 굳이 가보지 않아도 학교 홈페이지를 통해 결과를 알 수 있다. 그동안 마음먹은 만큼 108배를 하지는 못했다. 숙이면 등에 올라타고 보는 아이 때문이기도 했고, 회사 일에 지쳐 졸리고 피곤하다는 핑계 때문이었다.

일어난 김에 마지막 당첨기원 108배를 했다. 마음을 비워가고는 있지만 욕심이 아주 사라지지는 않았다. '행여나, 혹시나, 만약에, 기왕이면' 등의 바람이 여전히 남아있어 떨치려고 해도 자꾸만 돋아났다. 그래 일단 하고보자, 결과가 어쨌든. 안 하는 것보단 낫겠지. 달님도 벽도 옷장도 모두 내 편이라면.

오후에 결과를 확인했다. 역시 108배는 자기 수양이지 운을 바라면 안 된다. 앞으로도 108배는 계속할 생각이다. 무탈함에 감사하며.

108배를 하는 내 모습을 본 아이가 원하는 장난감이 생기니 별님, 달님에게 간절히 빌고 절하는 시늉을 한다. 나는 녀석의 탁월한 응용력에 탄복하여 장난감을 안 사줄 수가 없었다.

3

띄엄띄엄 간헐적 단식

난임

간헐적 단식은 누구나 할 수 있지만 예외 없는 규칙은 없다고, 해서는 안 되는 사람도 있다.

아이를 낳은 지 1년이 채 안 된 임산부는 간헐적 단식을 하면 심각한 부작용을 겪을 수 있다. 적어도 내 경험에 의하면.

결혼한 지 13년 만에 아이를 낳았다. 늦은 출산이었고 한 번의 아픔이 있었기에 아이를 낳는 순간까지도 안심할 수 없었다. 뒤늦은 임신은 의학기술의 힘을 빌려야 했고 한 달에 몇 번씩 두꺼운 바늘을 아랫배에 찔러 넣어야 했다.

어느 날은 사내 연수에서 조별 체험활동으로 팀원들이 다 같이 손수 만든 제기를 차다가도 화장실로 쪼르르 달려가 챙겨온 주사기를 시간에 맞춰 놓은 적이 있다. 초음파 검사를 통해 의사가 정해준 날짜에 하필이면 자정 이후까지 이어지는 선거 개표방송을 맡아서 어쩔 수 없이 다음 달을 기약하기도 했다. 난임 부부를 위한 건물이 따로 마련된 병원에서 차례를 기다리고 있는데 갑자기 방송 카메라가 들이닥친 적도 있었다. 취재차 온 아는 얼굴들이 보이자 당황한 나는 무슨 큰 죄나 저지른 사람처럼 몸을 잔뜩 웅크렸다. 들키고 싶지 않아 고개를 푹 숙이고 말았다. 알은체는커녕 뒤쪽에서 몸을 숨기고 있던 나를 후배 여기자는 센스 있게 모른 척해주었다.

이런저런 우여곡절을 겪으며 여러 차례 병원을 들락거렸지만 결과는 늘 신통치 않았다. 의사가 진즉에 권한 인공수정을 남편은 망설이고 있었다. 하지만 이대로는 내가 몸이 너무 힘들고 지쳐 포기할 것 같았고 남편은 입양을 언급했다. 하지만 내 삶도 책임 못 지고 있는 나는 자신이 없었다.

한참의 실랑이 끝에 남편은 결심을 했고 시술은 순조롭게 진행되었다. 결과는 한 번에 성공. 확률이 희박해 로또에 당첨되기보다 더 힘들다던데 이렇게 고맙고 기쁠 수가! 정말 꿈만 같았다. 담당 의사와 간호사의 축하 인사와 배웅을 받으며 난임 병동에서 산부인과 병동으로 이관되었고 최고령 산모라 특수 검사를 안내받았다. 잠깐의 고민 끝에 나는 검사는 받지 않기로 했다. 아이가 어떤 상태이든 존재 자체로 내가 책임질 수 있는 한, 사랑을 듬뿍 주고 싶었기에 굳이 결과를 알 필요가 없었다. 결과를 안다고 한들 임신부가 취할 수 있는 별다른 방법이 있는 것도 아니었다.

시간이 흘러 성별을 알게 된 날, 친구처럼 지낼 딸이 아니라고 살짝 실망도 하고, 아이 아빠는 본인 같은 녀석이 나올까 심란한 마음에 혼자 못 마시는 술도 들이켰다. 6개월간 이어진 고된 입덧 초기에는 정신을 잃고 쓰러지기도 했다.

한번은 정차중인 가로수 정비차가 사이드 브레이크가 풀렸는지 슬금슬금 후진해 내 차를 들이받는 바람에 운전대에 배를 부딪히고 말았다. 고통도 잠시, 다급한 마음에 풍선만한 배를 안고 근처 산부인과로 뒤뚱거리며 내달렸다. 우회전을 하며 좁은 골목길로 진입하자마자 주인 없는 가로수 정비차가 떡하니 앞을 가로막고 있었고, 뒤차는 바짝 다가와 있었으며, 바로 옆쪽에는 마주오던 차가 지나가고 있어 옴짝달싹 할 수 없었다. 아이는 다행히도 무사했다. 뱃속 양수가 일종의 쿠션 역할을 해줬단다.

출산

마침내 출산 날짜와 시간이 잡혔다. 너무나 오래 기다렸고 너무나 어렵게 얻은 아이라, 건강상 문제는 없었지만 자연분만에 자신이 없었다. 두 눈 가득 실핏줄이 터질 건 뻔했고 난산이 쉽게 예상됐다. 분만실에 들어가는 대신 수술대 위에 누웠다.

만에 하나 일이 잘못될 수도 있다고 생각했다. 둘 중에 하나를 살려야 하는 극적인 상황도 예상해봤다. 당연히 아이였다. 진작 가족들에게 미리 당부해둘걸. 아차, 싶었다. 부분마취와 전신마취 중 후자를 선택했기에 간호사가 인공호흡기를 씌우려고 했다. 갑자기 호흡이 가빠지며 가슴이 답답해 숨이 잘 쉬어지지 않았다. 잠시 시간을 달라고 청한 뒤 심호흡을 하며 마음을 추스르려 애썼다. 그리고 그다음은 잘 기억이 나지 않는다.

눈을 뜨니 몹시 추워서 몸이 사시나무 떨 듯 떨렸다. 주변에 사람들 소리가 와글와글했다. 도움을 청하고 싶은데 사람들은 다른 일로 매우 분주한 듯했고 내 옆을 바삐 스쳐 지나가기만 했다. 입 밖으로 한마디 내뱉을 힘조차 없었다. 바들바들, 부들부들 대며 온몸에 남은 힘을 겨우 끌어모아 모기만 한 소리로 외쳤다.

"추…… 추워요……."

나중에 엄마는 수술실 너머 건너편 보호자 대기실 쪽으로 우렁찬 아기 울음소리가 들렸다고 전했다. 간호사가 신생아용 침대에 갓난아이를 태우고 나오는데 손뼉치며 좋아하는 친정 부모님과는 대조적으로 아이 아빠는 뚱한 표정으로 가만히 서 있었다고 한다. 애초에 남편은 아이가 간절했던 것도 아니었으니. 엄마와 나는 아이가 건강하게 태어났다는 사실이 더 중요했다.

한참 후에 아이 아빠가 입을 열었다. 아이가 태어나면 아이를 데리고 간호사가 향하는 곳은 당연히 신생아실이다. 그런데 신생아실로 곧장 들어가지 못하는 갓난아기도 있다. 세상에 나오자마자 상태가 좋지 않아 'NICU'라고 하는 신생아 중환자실에서 집중 검사와 치료를 받아야 하는 경우이다. 아이 아빠는 대기 장소 기준으로 오른편에 있는 신생아실과 왼편에 있는 집중치료실 중 간호사가 과연 어느 쪽으로 침대를 향할지 끝까지 마음을 졸였다고 한다. 아이가 신생아실로 들어가는 걸 확인한 후에야 안도의 한숨을 내쉬었단다. 정작 산모인 나는 그런 곳이 있는 줄도 몰랐는데.

의사 선생님의 도움으로 아이는 편하게 낳았지만 그 이후가 고생이었다. 제대로 앉지도 못해 모유 수유 타이밍을 놓쳤고 아이를 돌보기보다 내 몸을 회복하는 게 우선이 되었다. 3.24kg 아이가 몸에서 빠져나왔는데 몸무게는 단 2kg만 줄었다. 나머지는 붓기와 부종이 채웠다. 아이 아빠가 안타까운 마음으로 퉁퉁 부은 발을 주물러주기도 했지만 수면양말을 신은 두 발은 성인 남자용 넉넉한 슬리퍼 앞쪽을 꽉 채우고도 넘쳤다.

간헐적 단식의 나쁜 예

뒤늦게 만난 아이라 임신 초기부터 출산 후 몸매는 아예 생각지 않기로 했다. 젖병만 찾는 아이 때문에 모유 수유 대신 유축 수유를 하며 살빼기는 글렀다고 생각했다.

그런데 복직 한 달 반쯤 전부터 슬슬 원상복구를 하고 싶어졌다. 한창 간헐적 단식 바람이 불고 있었다. 16시간만 참으면 된다는데 새벽형 인간이니 점심을 왕창 먹고 저녁을 굶은 뒤 다음날 아침을 기다리면 되겠다 싶었다. 새벽 일찍 눈을 떴는데 아침 시간까지 한참 남았다 싶으면 동네를 산보 삼아 걷기도 했다. 초여름이라 해는 일찍 떴다.

장차 다닐 어린이집 답사도 겸했다. 태아 때부터 미리 신청해야 할 만큼 경쟁이 치열해서 관할 구내에 어린이집이란 어린이집은 있는 대로 다 해놓았는데, 정작 어디에 있는지는 몰랐다. 정확한 위치를 알아보려 골목을 누비는 재미도 곁들였다. (이런 폐단을 막기 위해 요즘은 어린이집 신청시기가 출생신고 이후로 달라졌다.)

간헐적 단식과 공복 산책은 효과가 빨랐다. 임신 막바

지 몸무게에서 앞자리가 한 번 바뀌었다. 그리고 복직 무렵에는 앞자리가 한 번 더 바뀌어 임신 전보다 더 날씬해졌다는 동료들의 칭찬이 이어졌다.

복직하자마자 직전에 하던 새벽 라디오를 다시 시작했다. 이른 새벽에 출근해 믹스커피로 허기를 달래며 PD와 DJ를 겸했다. 작가는 있었지만 워낙 이른 시간이라 메일로 원고와 정리된 사연만 받고 스튜디오에는 혼자 들어갔다.

간헐적 단식은 아침 커피와 점심 한 끼 폭식으로 갔고 몸무게는 49kg에서 1kg이 더 빠졌다. 나름대로 내 생애 최저치와 타이기록이었다. 그런데 기쁨도 잠시. 뭔가 좀 이상했다. 피가 머리까지 잘 올라오지 않는 듯 눈앞이 깜깜해질 때가 많았다. 전기가 끊긴 전구 같기도 했고 접촉이 불량한 퓨즈 같기도 했다. 걷다가 자꾸 허리가 접혀서 복도를 걷다가도 벽에 잠시 손을 짚었다.

한여름이라 모기가 극성인지 집에서 내 다리만 물었다. 긁어도 긁어도 가려움증은 그치지 않아 다리에는 온통 피딱지가 앉았다. 알고 보니 집안에 모기는 한 마리도 없었다. 모기가 있었다면 나보다는 체온이 높고 살이 연한 아기를 먼저 공격했을 텐데 아기 피부는 깨끗했다.

가려움증은 점점 심해져 온몸으로 퍼졌다. 특히 다리와 팔이 심했는데 의외로 잘 가려울 법한 살이 접히는 부분이나 관절이 꺾이는 부위는 정도가 그나마 덜했다. 너무 이상해서 피부과를 찾아가 약을 먹고, 가장 독하다는 피부과 주사도 맞아봤다. 몇 번을 지속했는데 상황은 좀처럼 나아지지 않았다. 주변의 이야기를 들어봐도 나와 비슷한 증상을 겪은 선배 산모는 없었다.

사내 의무실을 찾아갔더니 한의원을 소개해주었다. 맥을 짚어본 한의사는 산후조리를 제대로 못해서 면역력이 많이 떨어졌다고 했다. 영양이 부족해 미미한 자극에도 가려움증을 느끼고, 긁어도 긁어도 더 긁고 싶은 기분을 일으킨다는 소양증이었다. 맥도 너무 약해서 잘 잡히지 않는다고 혀를 찼다. 이대로 가다가는 건강을 크게 해칠 수 있다며 한약을 처방해주었다. 하루 세 번 3주치를 우선 지었다.

그때가 마침 2014년 인천 아시안게임이 열리는 시기였다. 해외출장을 갈 필요는 없었지만 그렇다고 매일 출퇴근하기도 애매해서 갓난아기를 엄마에게 맡기고 3주치 짐을 쌌다. 국내라 딱히 모자랄 것도 아쉬울 것도 없어서 짐은 가벼웠지만 문제는 그만큼의 한약이었다. 양도 많은데다가 무게도 엄청났다. 먹기 좋게 담겨 있었지만 진액이라 행여 터질까 에어캡으로 63개의 진공 파우치를 포장했다. 부피가 더 커져서 이민가방에 옷가지와 같이 담았다.

인천 IBC(각 나라 중계진들이 모여 스포츠중계, 제작 및 송출하는 곳)에 도착하니 예상대로 내 짐 가방만 거대했다. 숙소에 짐을 풀고 냉장고에 한약 파우치를 채웠다. 아파트에 방이 3개라 세 명이 나눠 쓰는 형태였는데 그나마 냉장고가 커서 다행이었다.

결과적으로 나는 인천에서 한약을 먹기 위해 밥 세끼를 꼬박꼬박 먹고, 챙겨간 한약도 빠짐없이 먹었다. 동료들과 외식도 하고 해설진들과 야식도 먹었다. 회식 때는 못하는 술도 한두 잔 마셨다. 살은 금방 붙었고 몸도 어느새 좋아졌다. 더 이상 가렵지도 어지럽지도 않았다.

어차피 출장 가면 밥 세끼 챙겨 먹을 텐데 한약을 먹지 않아도 될 뻔했다. 한약이 큰 역할을 했을 텐데도 막상 낫고 보니 약아 빠지게 본전 생각이 들었다. 굳이 돈

들여서 다시 찌울 거라면 애써 힘들게 굶지 않아도 될 뻔했다.

하지만 살을 한번 빼보았으니 언제라도 살을 뺄 수 있겠다는 자신감은 건졌다. 더불어 간헐적 단식은 그야말로 어쩌다 잠깐잠깐 할 뿐 오래 지속하면 오히려 건강에 안 좋을 거라는 인식이 자리 잡았다.

편견을 깬 저자들

그래서 SBS 낭독 팟캐스트 〈당신의 서재〉에서 만난 《간헐적 단식? 내가 한번 해 보지!》라는 책은 처음부터 그다지 매력적이지 않았다. 간헐적 단식을 하다가 크게 한번 데인 데다가 저자가 세 명이라니 이른바 몸짱 트레이너들이 Before & After 사진을 보여주며 "날 따라 해봐요 요렇게"로 시작해서 "으쌰! 으쌰!"로 끝맺는 전형적인 내용일 거라 지레 짐작했다.

그리고 가슴으로 느끼고 발로 실천하는 독서를 어설프게 실행하려다 보니 읽으면 반드시 간헐적 단식을 다시 해야만 할 것 같아 망설였다. 실은 간헐적 단식의 후유증을 크게 겪고도 살을 급하게 빼야 할 때면 살짝살짝 다시 시도해보곤 했다. 효과는 좋았기에 건강검진이나 사내 다이어트 이벤트 때 임박해서 목표 숫자만 맞추고 금방 중단하면 되겠거니 싶어서였다. 하지만 간헐적 단식도 두세 번 반복하니 효과가 없었다. 몸도 간헐적 단식에 면역력이 생겨서인지, 어지럽기만 하고 몸무게는 당최 빠질 생각을 안 했다.

먹을 적마다 16시간 이후를 계산하려 시계를 쳐다봐야 했고, 시간 안에 한 입이라도 더 먹으려 우적우적 씹어 넣었다. 이런 다이어트는 잘못하면 건강을 도리어 해칠 수 있으며 이제는 효과마저 기대할 수 없는 다이어트가 되어 갔다.

간헐적 단식에 대한 오만과 편견 때문에 진입장벽이 내 어깨높이만 해졌다. 이 책을 만나지 않았더라면 그 오해는 아마 평생 갔을 것이다. 책은 망치처럼 무지에서 비롯한 오해를 하나하나 깨나갔다.

앞서 밝힌 대로 간헐적 단식은 누구나 할 수 있지만 시작하기 전 반드시 사전 점검할 항목이 있다. 한창 성장기에 있는 청소년, 극심한 영양실조나 저체중, 대사질환자,

배가 불러오는 임신부 그리고 아이를 낳은 지 1년이 채 안 된 모유수유부 등은 해서는 안 된다고 한다. 진작 이 체크리스트 마지막에 해당되는 줄 알았더라면 아마 나는 느긋한 마음으로 아이 돌잔치까지 기다렸을 것이다.

그리고 막상 다이어트는 오히려 쉽다는 사실이었다. 유지가 어려운 것이지. 실제로 살을 뺀 후 요요현상을 없애려면 최소한 6개월이 필요한데 다이어트에 성공해 계속 유지하고 있다는 사람은 그중 0.2%에 불과했다.

간헐적 단식을 빙자한 간헐적 폭식 때문에 먹어도 먹어도 허전하고 아쉬웠다. 열량만 섭취했지 몸이 필요한 영양소가 결핍되어 몸에서는 계속 아직 나는 배가 고프다고 아우성을 치는 거였단다. 인스턴트 식품과 액상과당과 MSG가 들어간 음식이 나쁜 이유와 간헐적 단식이 효과가 없었던 이유를 알게 됐다.

더불어 다이어트에는 인슐린 수치가 중요하다는 것도 새삼스러웠다. 인슐린의 양보다 빈도가 중요하다며 적게 먹어도 살이 찌는 게 이상하다면 자주 먹어서 그런 건 아닌지 확인해보라는 내용이 무릎을 탁 치게 했다.

그리고 꼭 16시간 동안 억지로 참을 필요가 없었다.

16시간이 부담되면 우선 10시간부터 차근차근 시간을 늘려 가면 되는 거였다. 그렇다면 6시간이나 남는 셈인데 그 시간이면 굳이 한 끼를 굶을 필요 없이 간단히 원하는 걸 더 먹을 수 있다.

하루쯤 참지 못했다고 해서 지레 포기하거나 자책할 필요도 없었다. 오늘이 아니라면 내일부터 다시 시작해도 괜찮았다. 무리할 필요가 없으니 단기간에 치고 빠져야 하는 억지 다이어트가 아니라 평생을 두고 쉬엄쉬엄 실행할 수 있는 식이요법이었다. 기록 경신의 부담을 가지고 뛰는 전력질주가 아니라 날씨 좋을 때 나가고 내키지 않으면 집에서 빈둥거려도 되는 가벼운 산책 같은 거였다.

아는 만큼 보이고 아는 게 힘이라더니. 알고 나니 막연한 불안감과 편견이 사라졌다. 한번 제대로 해볼 수 있겠다는 자신감도 붙었다. 아울러 그렇고 그런 몸짱들의 자랑 책이라고 성급히 단정했던 내가 너무 부끄러울 만큼 저자들의 이야기는 진솔하고 감동적이었다. 나는 이제 그들의 팬이 되었다. 책 소개 영상을 SNS에 올리고서 저자들의 감사인사를 답글로 받았다.

유튜브에 책을 소개하면서 나도 이제 간헐적 단식을 시작하겠다고 선언했을 만큼 부담감을 털어버리고 나니 긴장감도 사라졌는지 간헐적 단식을 해야 한다는 사실마저 자주 잊는다. 이제 글로도 적고 있으니 지금보다는 훨씬 덜 깜빡할 수 있을 듯하다.

불사조가 되려면

그런데 우리는 간헐적 단식을 굳이 왜 해야 할까? 10시간이든 16시간이든 왜 공복을 유지할 필요가 있을까?

나는 그 이유를 시르투인(Sirtuin)에서 찾았다. 시르투인은 장수 유전자의 정식 명칭으로 공복 상태에서 노화를 억제하는 다양한 기능을 깨우는 역할을 한다. 살도 빼고 젊게 살 수도 있어 간헐적 단식이 나에게 맞는다면 미루거나 마다할 이유는 없다. 벌써부터 엄마 죽으면 나 어떻게 하냐고 늙지 말고 같이 영원히 살자는 아이에게 걱정 말라고, 엄마는 불사조라고 큰소리쳤는데, 아이에게 마음의 짐을 보태지 않으려면 두 주먹 불끈 쥐고 당장 오늘부터 다시 시작해야겠다!

가만있자, 저녁을 5시 반쯤 가볍게 먹었으니 내일 아침은 열 시간이 지난 새벽 세시 반 이후로 아무 때나 먹으면 되겠다. 커피에 우유를 탄 부드러운 라테로 가볍게 공복을 깨면 되겠지?

현재 몸무게는 내 생애 최저치와 매우 동떨어져 있다(TMI).

참고도서: 《간헐적 단식? 내가 한번 해보지》 아널드 홍 외 2인 지음, 한국경제신문

4

쉬엄쉬엄 유튜브 제작

유튜브는 해롭다?

장난감을 무척이나 좋아하는 아이가 장난감을 리뷰하는 유튜브 채널을 주말마다 정신없이 보고 있다. 그것도 주말과 휴일 내내 들여다본다.

유튜브의 부작용이나 위해성에 대해 우려하는 목소리도 크기에 아이가 스마트폰을 들여다보고 있으면 눈이 나빠질까 걱정되었다. 그리고 자세가 비뚤어질까봐 염려스러운 것도 사실이다. 아이는 벌써부터 장래희망으로 유튜버가 된다며 큰소리를 치니 저러다 학교 공부나 제대로 따라갈 수 있을까 한숨부터 나온다.

아기에게는 스마트폰 시청이 치명적이라고 해서 두 돌까지는 노출을 삼가려고 집에서는 무조건 스마트폰을 숨겨놓았다. 감춰놓은 동안 혹시 내가 놓친 연락이 없나 아이 몰래 가끔 확인해보면서 나름대로 처절한 노력을 했건만 빗장이 풀리는 건 순식간이었다. 시댁 일가친척들이 명절뿐 아니라 평소에도 한데 모이는 경우가 잦은 편인데, 두 살 어린 사촌동생이 스마트폰 보는 모습을 보는 순간 아이도 빛의 속도로 스마트폰의 매력에 빠져든 것이다.

이제는 유튜브 시청을 허락한 토요일과 일요일이 오기만을 손꼽아 기다리고 있다. 유튜브를 볼 수 있는 첫날인 토요일은 조금 더 자면 좋으련만 평소보다 최소 한두 시간 일찍도 일어난다. 주중에는 늦잠을 자는 바람에 아침도 제대로 못 먹고 유치원 가는 셔틀버스를 겨우 잡아탈 정도인데 주말 아침만 되면 귀신같이 알고 눈을 번쩍 뜬다. 전날 밤에 "야! 신난다. 내일은 토요일이네"라고 이야기할 때마다 헉 소리가 절로 난다. 아이는 마음속으로 토요일이 오기만을 손꼽아 기다렸나 보다.

아직 시계도 못 보고 달력도 못 읽는데 요일이 가는 건 기가 막히게 잘 안다.

"인라인 하는 날은 월요일, 수영하는 날은 화요일, 축구하는 날은 수요일, 영어 학원 가는 날은 목요일, 농구하는 날은 금요일, 그리고 토요일, 일요일은 유튜브 보는 날! 그리고 또 월요일, 화요일……. 계속, 계속 또 돌아오고 또 돌아오네?"

유튜브 덕분에 일주일의 요일 순서는 기본이요, 유치원 방과 후 일정뿐 아니라 인생사 돌고 돈다는 심오한 진리를 일찍도 익혔다. 그러고는 말 그대로 이른 아침부터 정말 하루 종일 유튜브를 시청한다. 장난감 리뷰하는 것도 보고 유튜브로 볼 수 있는 만화영화도 본다. 장난감 리뷰는 화면 밑에 떠있는 재생 리스트를 터치, 터치하다 보면 급기야 스페인 말도 들리고 러시아 말도 들린다. 전 세계 사람들이 장난감 리뷰에 열심인 모양이다. 한참을 그러다가 다시 한국의 예쁜 누나들과 멋진 삼촌들이 장난감 소개하는 '언박싱' 영상으로 돌아가거나 손만 나와서 장난감을 움직이며 스토리텔링 하는 장면에 빠져든다.

화면을 뚫고 들어갈 기세라 걱정이 되어서 스마트폰을

TV 화면에 연결해서 보는 방법으로 시력 손상에 대한 걱정을 조금 덜고는 있다. 하지만 여전히 아이는 조금이라도 지루해지면 바로 스마트폰에서 다른 영상을 손가락으로 클릭하느라 어느새 커다란 티브이 화면보다는 조그마한 스마트폰을 들여다보고 있다. 엄마인 나는 고개 들어 앞을 보라든가 "허리 똑바로 펴세요" 정도로 주의를 주는 수밖에 다른 도리가 없다.

다른 아이들은 유튜브를 일주일에 한 시간만 본다는데, 어떤 아이들은 영어로 된 유튜브만 볼 수 있다는데 내 아이는 이거 어쩌지 싶었다. 하지만 아이에게 갑자기 주말에 유튜브를 못 보게 하려니 인생의 낙을 빼앗는 것 같아 마음이 약해졌다. 주말에 가끔 근무라도 하게 되면 대신 아이를 돌봐주는 역할도 한다는 핑계, 그리고 휴일에 피곤해서 잠깐 낮잠이라도 잘라치면 유튜브만큼 아이와 잘 놀아주는 친구도 없다 싶은 편의적 발상도 있으니 아이에게 아예 유튜브를 못 보게 할 수도 없는 노릇이었다.

그래서 하루는 아이 아빠와 상의하여 아이를 불러다 앉히고 선택지를 줘봤다.

"너 지금처럼 유튜브를 토요일, 일요일에만 볼래, 아니면 매일 하루에 한 시간씩 볼래?"

아이는 한 치의 망설임도 없이 찔끔찔끔 자주 보는 것보다 한 번에 몰아보기를 골랐다. 예상과 다른 반응이었다. 매일매일 한 시간씩을 선택하면 끝날 때 아이와 당연히 실랑이를 할텐데 아이는 잠깐 눈물을 흘리다가 멈추고 이내 장난감을 가지고 놀 거라고 생각했다. 그러나 의외로 아이는 조금 참았다가 마음껏 보는 경우의 수를 택하는 거였다.

유튜브는 위험하다?

상황은 원점으로 돌아왔고 나와 같은 엄마들의 고민을 해결해 줄 수 있을 것 같은 제목의 책, 《유튜브! 아이의 놀이터가 되다》를 집어 들었다. 이 책의 저자인 아이들은 나만 몰랐지 이미 유명한 유튜버였고, 아이들의 엄마는 영상 제작을 전문적으로 할 수 있는 직종의 워킹맘이었다.

유튜브 출연자인 아이들에게 연출가인 엄마도 스마트폰 시청에 대해서는 여느 엄마와 다를 바 없었다. 다만 스마트폰 통제 앱을 통해 30분에서 한 시간의 시간 제약을 하고 나중에 아이들이 어떤 채널을 봤는지 시청 목록을 함께 살펴보는 정교함이 조금 다른 점이랄까. 시청 기록을 필수화해서 호기심이나 실수로 좋지 않은 채널을 봤을 때 야단치는 대신, 왜 안 좋은지 아이가 이해하고 납득할 때까지 설명해주어야 한단다. 그리고 친절한 해설과 더불어 아이가 즐겨 보는 콘텐츠가 무엇인지, 왜 좋은지, 부모에게 추천하고 싶은 채널은 없는지 등 폭풍 질문으로 흥미를 준 다음 좋은 콘텐츠를 발견하면 아이에게 해당 링크를 보내거나 공유해주란다.

따지고 보면 우리도 어렸을 때도 그랬다. 부모 입장에서는 TV든 만화든 혹시라도 이상한 걸 보게 될까, 행여 공부에 방해될까 안절부절 못하지만 아이 입장에서는 보는 것 자체로 기쁘고, 그저 오래 볼 수만 있다면 어찌 즐겁지 아니한가.

아이는 유튜버가 되겠다며 장난감 리뷰를 할 것이기에 특별히 다른 공부를 할 필요가 없다고 큰소리쳤다. 영상에 나오는 삼촌과 누나들도 공부를 그다지 잘한 것 같지는 않다는 어설픈 유추의 결과다. 이에 나는 단호히 대답했다.

"영상을 알아야 해, 영상을. 화면을 어떻게 재미있게 만드는지, 효과음이랑 자막을 어떻게 넣는지 영상을 공부해야 해!"

그 무렵 나도 독서를 하며 오래 기억하고 기록으로 남기기 위해 SNS에 읽은 책을 찍어 올리고 감상평을 몇 줄 적다가 유튜브까지 찍게 되어 관심이 많았다. 남들처럼 화면에 제목도 삽입하고 자막도 넣고 효과음도 곁들이고 싶었는데 기계치라 그런지 처음부터 벽에 부딪쳤다. 그냥 그대로 찍어서 원문 그대로 올리는 아주 왕초보 수준에 그치고 있었다(현재는 조금씩 편집이라는 걸 하고는 있다).

아이들은 타고난 유튜버!

장난으로 아이에게도 유튜브 촬영 삼아 스마트폰을 들이댔더니 아이가 그동안 듣고 본 경험을 살려 장난감을 설명하면서 구독도 유도하며 10분을 가뿐히 넘기는데 깜짝 놀랐다. 요즘 아이들은 엄마 뱃속에서부터 스마트폰을 들고 나온다더니 알아서 척척이었다. 신기한 마음에 계정을 만들어 유튜브에는 올렸지만 행여 신변에 문제라도 생길까 싶어 미공개로 두고 가족들에게만 링크를 걸어 볼 수 있게 했다.

그런데 책의 저자는 아이들의 얼굴이 노출되는 것에 대한 두려움이 없었다. 오히려 아이들이 커서도 상처받지 않을 영상, 부끄럽지 않은 영상을 만들려고 노력하게 된다고 했다. 부모와 세대가 다른 아이들은 타인이 자신들을 알아보는 것을 두려워하기보다는 즐거워하며 영상을 통해 타인과 연결된 것을 느끼고 같은 경험을 나누고 싶어 한다는 것이다.

그 말에 용기를 얻어 그동안 미공개로 올렸던 아이의 장난감 리뷰 영상을 모두 공개로 전환했다. 아이의 얼굴이 알려질까봐 꺼려했는데 괜한 걱정을 사서 했나 싶다. 애당초 조회 수 기대 없이 기념과 기록으로, 더 발전하게 된다면 장차 영상 포트폴리오로 삼겠다는 나름의 계획도 있었다.

하지만 역시 유튜브 시장은 그렇게 호락호락하지 않았다. 공개든 비공개든 미등록이든 결과에 큰 차이가 없었다. 김칫국부터 마시지 않은 게 그나마 다행이었다.

"엄마, 차차티비 구독자 많이 들어왔어?"

"응, 응. 그럼, 그럼."

나보다 조회 수를 더 신경 쓰는 아이에게 조금 미안하지만 이런저런 핑계로 영상 공부에 시간을 못 내는 엄마를 이해해주었으면 좋겠다. 아이의 유튜버 활동은 한두 번으로 그칠 줄 알았는데 제법 책임감 있게 꾸준한 모습을 보인다. 나름대로 기획도 하고 코멘트도 미리 생각해두는 것 같다. 그에 비하면 영상 제작자(?)인 나는 요일을 암묵적으로 정해놓기는 했지만 그다지 규칙적으로 찍는 것도 아니고 무엇을 어떻게 하라고 강요도 하지 않는다.

유튜브라는 공간은 이미 아이들의 놀이터로 자리 잡았으니 아이가 내키는 대로, 원하는 대로 즐기면 그만이니 말이다. 참고로 유튜브 촬영용 장난감 '언박싱' 비용은 꽤 든다.

변신로봇 리뷰로 시작한 유튜브 영상은 몰래카메라와 '먹방'을 거쳐 공룡 이전 시대의 고대 생물로까지 확장되었다. 반응이 안쓰러운 유튜브 채널 상황과는 다르게, 조회 수가 따로 기록되는 '인스타그램'에서는 제법 댓글이 달리고 팬이라고 자처하는 지인도 생겼다. 특히 아들의 외할머니가 사다주신 핫도그를 먹는 모습을 담은 설탕 vs.

케첩 핫도그 먹방은 의외로 밀가루 옷에 묻어 있던 설탕을 털어내고 케첩을 찍어먹는 모습이 '케첩파'들의 무한 공감을 이끌어내며 '세 자리' 조회 수를 기록했다. 두 팔 들어 환호하는 아이에게 앞으로는 깨작대지 말고 복스럽게 먹으라고 주문했다.

먹방이야 비교적 부담 없이 접근할 수 있지만 아이의 마니아적 취향을 가득 담은 고생대 시기의 생물 리뷰는 아무래도 구독자들에게 너무 낯설다. 나부터도 삼엽충, 암모나이트 빼고는 아노말로카리스, 오파비니아, 바다전갈, 둔클레오스테우스 등에 대해서는 아이가 아니었다면 일생토록 몰랐을 존재들이니. 자료화면 찾기도 힘들고, 내용 편집도 어렵다. 아이는 이 사실을 아는지 모르는 지 오로지 강연과 연구에만 몰두한다. 아예 8절지 스케치북에 자체 편찬한 고생물 백과사전만 20권이 넘는다. 나는 한 번도 못 가져본 그 열정이 부럽다.

참고도서: 《유튜브 아이들의 놀이터가 되다》 니블마마 고은주, 간니닌니 지음, 21세기북스

Chapter 5

이불 밖은 위험해도 글쓰기는 안전해

1

이왕이면 책 쓰기

어쩐다, 시나브로 글쓰기 문을 열다

봄이었다.

뭔가 의욕적으로 시작하려고 가슴이 부풀어오르고 있는데, 갑자기 상사의 존재감 없다는 채찍질로 한번 고꾸라졌다. 매년 상반기에 실시하는 상사와의 면담에서 열심히는 하는 것 같은데 윗사람들이 보기에 뭔가 뚜렷한 특징이나 눈에 띄는 점이 없다는 거였다. 앞으로 50대가 돼서 소위 '확 꺾어지기' 전에 마지막 박차를 가하라는 애정어린 충고에 나는 그만 힘이 빠지고 말았다. 상사 입장에서는 독려지만, 당사자가 느끼기에는 갑작스런 일격이었다. 100m 달리기 출발선에서 엉덩이를 막 쳐들려는 순간 걷어차인 것처럼 의욕이 꺾였으니 말이다.

계절은 초여름으로 넘어가고 있었다.

가까스로 마음을 추스르고 다시 힘을 내서 또 흰색 선에 섰다. 심호흡을 하고 차려 자세를 취하자마자 이번에는 냉방병에 걸려 한 달간 골골거려 다시 주저앉아야 했다. 더위에 치명적인 방송 장비를 위해 에어컨을 팡팡 틀어대는 스튜디오에서 장시간 무리한 결과였다. 라디오 프로그램 제작을 하고, 팟캐스트 낭독 및 편집에 다른 아나운서들의 낭독 녹음까지 도맡아 엔지니어 역할까지 하려니 몸이 버티지 못했다.

어느 날은 오전에 컨디션이 최악인 상태에서 먹은 감기약이 탈이 나더니 급기야 오후에 있던 TV 프로그램 녹화를 하다가 뛰쳐나가고 말았다. 식은땀이 흐르며 눈앞이 빙빙 돌더니 속이 메슥거려 마이크를 찬 채로 화장실에 급하게 다녀와야 했다. 창피하게도 속을 게워내는 소리가 리시버를 찬 카메라 감독님들에게 고스란히 들렸으리라. 24년 방송 경력에 처음 있는 일이었다. 녹화방송이었기에 망정이지 생방송이었다면 더 큰일로 이어질 뻔한 아찔한 순간이었다.

어쩔 수 없이 쉬엄쉬엄 한 달을 보낸 후 한여름에 들어섰다. 다시 정신이 든 순간 결정타가 날아왔다. 대결을 신청하며 소파에서 몸을 날린 미취학 아들 녀석과의 충돌로 오른쪽 발톱이 뒤집어진 것이다. 그걸로 끝났다면 별일 아니라 애써 무시할 수도 있는 상황이었다. 하지만 작은 불행도 연달아 이어지니 은근히 힘이 셌다. 불편한 오른발을 대신해 절뚝거리며 열심히 다니던 중 왼쪽 발마저 넘어져 인대가 찢어지는 손상을 입었다. 오른쪽 발은 드레싱 한 붕대를 감고, 왼쪽 발에는 깁스를 한 우스운 꼴이 되고 말았다.

'나는 왜 무언가를 의욕적으로 시작하면 꼭 일이 터질까? 뭘 해도 하지 말라는 암묵적인 하늘의 계시일까? 아님 이런 거 가지고 동기부여가 사그라지고 동력을 잃어버리는 나 자신이 너무 나약한 건 아닐까?'

우울한 마음에 자책감까지 더해졌다. 온갖 상념이 머릿속을 파고들어 복잡해졌고 몸보다 마음의 컨디션이 더 땅으로 꺼질 듯 가라앉았다. 존재감 없다는 상사의 평가에 냉방병 그리고 연이은 부상. 하늘의 뜻이라면 세 번 아니 네 번이나 주의를 줬으니 이쯤되면 그만 둘 법했다. 어차피 열심히 하나 안 하나 회사에서 존재감도 없다는데 대충 다니고 적당히 월급 받으면서 살자 싶은 생각도 잠시 스쳤다(녹록지 않은 현실에 무지한 나만의 생각이었다).

나는 속으로 '내가 올해 들삼재라더니 삼재라 그런가? 뭐든 어설프게 할 거면 아예 하지 말라는 의미인가?' 싶으면서도 가만히 있으려니 좀이 쑤셨다. 이대로 있으면 심신이 편하고 여유로워지는 것이 아니라 더 처지고 퍼질 것 같았다.

나는 평소에도 정말 눈치가 없는 편이라 이번에는 하늘의 계시든 운명의 장난이든 삼재든, 아예 눈치를 보지 않기로 했다. 사람은 살던 대로 살아야 하는 법이다. 발톱이 뒤집어져 드레싱을 하느라 샤워를 제대로 못한 2주를 넘기자마자 다시 운동을 시작했다. 반 깁스를 한 왼발 때문에 타이트한 운동복으로 갈아입기가 불편하니 끝단이 헐렁한 반바지를 입었다. 한번 들린 오른쪽 엄지발톱을 탈지면과 일회용 밴드로 단단히 동여맨 채 맨발로 절뚝거리면서 사내 헬스장을 다시 출입했다. 운동은 행여 다시 넘어질까봐 재활 및 상체운동을 중심으로 살살 시작하고 샤워 역시 미끄러질까 발목 보호대를 착용한 채 조심조심 했다. 아침마다 헬스장에서 만나는 분들이 깁스 투혼이라며 농담을 건넸다. 이제는 나이가 들어 잘 낫지 않을 거라며 우스갯소리도 했다. 그렇게 웃고 떠들면서 가라앉았던 기분이 시나브로 올라섰다.

답답한 마음과 원인을 알 수 없는 울분을 어디엔가 토해내고 싶었는지 본격적인 글쓰기를 시작했다. 내친 김에 13년 전쯤인가 개설만 해놓고 방치해둔 블로그에 급하게 프로필 사진을 띄우고 자기소개 글을 작성했다. PC를 사용할 수 없을 때는 블루투스 키보드에 휴대전화 화면을 모니터 삼아 글을 썼는데, 아쉬운 대로 쓸 만했다. 그러고는 라디오 프로그램에서 청취자들이 보내준 사연에 답한 내용들, 현재 답답한 심경들, 책에서 읽은 보물 같은 글귀들, 앞으로의 계획까지 구분 없이 닥치는 대로 써내려가기 시작했다.

따지고 보면 글쓰기만큼 안전한 것도 없었다. 글이 떠오르지 않을 때 마냥 깜빡이는 커서를 보기가 힘들어서 그렇지, 글을 쓰는 동안은 어디 넘어지거나 다치지 않는다. 게다가 꼼짝없이 침대에만 앉거나 누워 있어야만 하는 상황에서는 그나마 자유로운 양팔과 손을 사용해서 얼마든지 써 내려갈 수 있기 때문이다.

이제는 제법 아침저녁으로 찬바람이 분다.

내게 괜찮다고 말해주는 책들에게 고맙다. 이불 밖은 위험하지만 글쓰기는 안전하다. 독서가 위안이 되고 책 읽기가 이끈 글쓰기는 치유가 된다. 우연히 발견한 글쓰기 플랫폼 덕분에 시간이 흐른다.

힘겹게 느릿느릿 지나가는 한 해. 혹독한 계절을 지나 돌아오는 봄이면 '소확행' 에세이가 행여 많은 독자분들께 다가가는 행운이 찾아와줄까 살짝 기대도 해본다. 여전히 눈치는 제로다.

2

언감생심 공모전

트라우마의 글쓰기에서 공모전을 기웃거리다

아침 출근길 지하철 승강장에서 내리다가 '발빠짐에 주의하라'는 안내방송을 듣고 어렸을 때 기차와 승강장 사이에 온몸이 쑥 빠졌던 기억을 떠올렸다. 급하게 휴대전화 메모장에 '발빠짐 주의'라고 적어 놓았다. 글감 하나 건졌다.

얼마 전에는 헬스장에서 노 젓는 운동기구인 로잉머신의 핸들을 힘차게 젓다가 어릴 적 나도 모르게 밟아 죽인 개구리가 생각났다. 문득 속죄하는 마음으로 포인트를 차감해가듯 죄도 한 스트로크씩 갚아나가면 어떨까 싶었다. 갑자기 떠오른 글 부스러기가 사라지기 전에 얼른 잡아챘다.

처음 글을 쓰기 시작한 건 늦여름부터다. 아이와 장난을 치다가 충돌로 오른쪽 엄지발톱이 들렸고, 절룩대다가 왼쪽 발마저 하중을 이기지 못해 접질려 나동그라지니 한동안 꼼짝없이 침대 신세였다. 의욕에 차서 여러 일을 벌일 때였는데 그만 의기소침해지고 말았다. 운 없다, 의지 없다 자책하다가 성나고 화나는 마음을 키보드에 풀었다. 놀고 있던 작은 키보드를 휴대전화에 블루투스로 연결한 뒤 광적으로 두들겨 대는 게 내가 유일하게 할 수 있는 '손가락' 운동이었다.

그런데 화풀이, 한풀이로 시작한 글쓰기에 조금씩 재미가 붙었다. 초등학교 저학년 때 선생님께 지속적으로 받은 학대 후유증으로 수십 년간 지속된 고질적인 두통 이야기, 고등학교 때 집안 커다란 장식장 유리가 떨어져 나와 뒷덜미가 찍힐 뻔한 것을 평소에는 더없이 굼떴던 엄마가 원더우먼처럼 구해준 무용담 등 옛날 옛적 이야기가 주된 글의 소재였다.

그리고 회사에서 받았던 설움은 새 발톱이 반쯤 자랄 때까지 몰래 품고 있다가 저절로 빠져버린 오른쪽 엄지발톱과 오버랩되었다. 뒤늦게 떨어져 나온 발톱은 제법 괜찮은 글 조각으로 탈바꿈했다. 불쾌하거나 힘겨웠던 경험도 글의 재료로는 나쁘지 않았다. 아이가 경쟁률이 엄청난 국립초등학교에 지원해서 당첨되기를 바라는 마음으로 시작한 108배에 관해서도 썼다. 비록 지원 결과는 '역시나'였지만.

글쓰기를 시작하니 글의 질이나 완성도와는 상관없이 글 쓰는 것 자체가 위안이었다. 말수 없는 내성적인 사람이 글로는 수다가 가능했다. 글은 말보다 더 대담했다. 나만 간직한 비밀을 거침없이 털어낼 수 있었다. 산후우울증으로 찰나였지만 운전하던 차의 가속페달을 끝까지 밟으려고 했던 아찔한 순간, 지금은 안정을 찾았지만 꽤나 오랫동안 불행했던 결혼 기간과 아버지의 갑작스럽고 안타까운 죽음……. 남들의 눈이 두려워서, 차마 말하기가 버거워서, 말하면 더 괴롭고 힘들까봐 이런저런 이유로 가슴속에 꾹꾹 담아 봉인했던 말들이 글로 조심스레 흘러나왔다. 나와 아이는 씩씩하게 잘 살고 있고, 아이 아빠와는 적당선을 유지하고 있으며, 아버지에게는 먼 훗날을 기약했지만 끈덕지게 눌어붙어 있던 마음속 죄책감과 안개처럼 내려앉아 눈앞을 흐렸던 불행감이 글을 쓰며 조금씩 떨어져나갔다.

글이 모이면 유명무실했던 개인 블로그에 적어놓고, 우연히 발견한 글쓰기 플랫폼에 툭툭 올려놓기도 했다. 몇몇 낯 모르는 사람들이 찾아와 공감해주고 본인들도 비슷한 경험을 했노라고 위로해주기도 했다. 가슴이 따뜻한 사람들의 댓글에 답글을 달면서 내 마음에도 온기가 돌았다. 문득 거울을 통해 본 내 모습은 입술에 생기가 오르고 눈동자가 한층 반짝이는 것 같았다. 한낱 착각일 수도 있지만 뭐 어떠하랴. 덕분에 기분이 좋아진다면 얼마든지 환영이다.

기왕지사 모아두었던 글들을 응모해보기로 했다. 우연히 접한 신춘문예 관련 기사에 눈이 번쩍하고는 용기를 냈다. 좋은 경험이 될 듯했다. 그런데 응모 조건에 '미발표 순수 창작물'이라고 쓰여 있었다. 중복응모는 당연히 안 되는 걸 알고 있기에 글들을 겹치지 않게 분배하면 되겠지만 '미발표'라는 단어가 왠지 모호했다. 개인 블로그나

글쓰기 플랫폼에 올려두었던 글들은 읽어본 사람들이 몇 안 된다고 해도 발표를 했다고 치는 건지, 아니면 그대로 보내도 괜찮은 건지 확실히 알고 싶었다. 문의 전에는 잠시 망설이기도 했다. 발표작이냐 미발표작이냐는 당선이 확정된 뒤에야 논의될 쟁점이지 보내기 전부터 미리 걱정할 건 아닌 것 같아 살짝 쑥스러웠기 때문이다. 그래도 이왕 도전하기로 한 거 조금의 찝찝함도 없어야 한다는 생각에 전화기 버튼을 눌렀다.

담당자는 무척 친절하고 정답기까지 했지만 그 부분에 있어서는 무척 조심스러운 입장이었다. 스마트한 인터넷 세상이라고 해도 이렇다 저렇다 할 기준을 자로 잰 듯 확실히 긋기는 어려운 면이 있었다. 아울러 비밀이 있을 수 없다는 것도. 새로운 글 조각을 찾아야 했다.

글감을 찾아 강아지처럼 주변을 킁킁거리기 시작했다. 경주마처럼 정주행하느라 곁눈질 한번 안 하고 살았는데, 근처를 두리번거렸다. 초원의 하이에나마냥 사방을 어슬렁댔다. 그래서일까? 꺼두었던 오감의 안테나를 켜니, 무심코 지나치던 일상이 조금 달리 보였다. 평범한 하루가 새삼스러워지는 것 같았다.

흘려버리던 지하철 내에서의 대화도 귀에 담겼다. 경로석 빈자리 앞에 서서 가고 있던 어느 날이었다. 노량진역에 다다르자 한 할아버지가 검은 봉투를 들고 타셨다. 이미 가운데 자리를 차지하고 있던 할머니는 한자 공부에 열중하고 계셨는데, 할아버지가 옆에 앉자마자 미간을 찌푸렸다. 그러고는 거침없이 말씀하셨다.

"거기 봉투 좀 치워요. 냄새가 나!"

할아버지는 할머니를 흘깃 보더니 대꾸하셨다.

"생선 냄새 많이 나요?"

그러고는 무릎 위에 올려놓았던 비닐봉투를 바닥에 바로 떨구었다.

내심 할머니가 다소 강한 어조로 말씀을 하셔서 혹시 시비라도 붙을까 염려하고 있었다. 나는 두 분 바로 앞에 있었고, 만원 지하철이라 어디 피할 데도 없었다. 그런데 생전 알지 못하는 사람에게 지청구를 하는 할머니나 냄새 지적을 받은 할아버지나 아무런 거리낌도 창피함도 없었다. 오히려 나중에는 할머니가 들여다보고 있던 한자 노트를 이야깃거리삼아 잠시 서로 대화를 나누기도 했다. 학창시절, 등굣길 만원버스에서 가방 틈을 비집고 새어나온 김치 냄새 때문에 엄마에게 크게 뭐라고 했던 기억이 잠시 스쳤다.

한때는 절대로 그럴 수 없는 일, 그러면 안 되는 일, 어쩜 나에게 이럴 수 있을까 했던 마음들이 시간이 지나면 '그럴 수도 있지, 다 그럴만한 사정이 있었겠지'로 변해간다. 꽁하고 꿍하게 구겨두었던 마음 속 응어리들을 조금씩 꺼내놓기도 한다. 세월 덕분이고 글쓰기 덕분이다.

아마 대회 출전에만 의미를 둔 운동선수는 단 한 명도 없을 것이다. 참가를 했으면 성적을 내고 포디엄에 오르고 싶은 게 인지상정이다. 공모전에 출품을 하는 문인들도 마찬가지다. 입상을 해야 사람들은 성공이라 부른다. 하지만 그 성공이라는 것을 굳이 타인들의 인정과 박수를 전제로 하지 않는다면, 개인의 변화와 성숙이라는 지극히 사적인 성과에 의의를 두고 만족한다면 어떨까.

예기치 않은 사고와 우연이 이끈 글쓰기는 일상을 달리 보게 하고 듣게 하고 느끼게 했다. 기계적으로 반복했던 일과 속에서 숨어 있던 글의 밑감을 캐내고, 글 쪼가리들을 결 따라 이리저리 맞춰보니 매일이 약간씩 새롭다.

그것만으로 고맙고 감사하다.

그래도 글 조각들이 얼기설기 엮이자 가다듬어 또 보내고 싶어진다.

마감 기한이 임박했으니 빠른 등기로.

3

다다익선 습작들

졸고: 나의 에세이 2편

새벽마다 회사에 일찍 출근해서 글을 쓰고 다듬어 규격봉투에 넣어 보냈다. '엽서시 문학공모' 사이트에 들어가서 각종 공모전과 일정을 참고했다. 기약된 날짜에 맞추어 대여섯 편 정도의 수필이 단기간에 치약처럼 죽 짜졌다. 시험 전날 집중력이 최고조요, 배우들이 농담 삼아 이야기하는 소위 '입금 다이어트' 효과가 만점인 것과 같은 이치였다.

수필이 주였지만 아이와 있던 일을 소재삼아 동화도

몇 편 써보았다. 또 아이가 한 기발한 말들을 모아 제목을 붙여 동시도 여러 편 응모했다. 중복응모를 피하기 위해 시를 분류해서 각 사별로 겹치지 않게 보냈다. 오매불망 결과를 기다렸지만 첫 술에 배부른 법은 없었다.

그래도 글 연습은 했으니 헛농사는 아니었다. 이렇게 쓰면 100% 안 된다는 나쁜 예로, 실제로 겁 없이 공모한 수필 두 편을 공개한다. 제목은 각각 〈리틀 빅 히어로〉와 〈멈추고 싶을 때 한 걸음 더〉이다.

수필 습작 1. 〈리틀 빅 히어로〉

"발빠짐 주의, 발빠짐 주의……."

전날 차를 두고 퇴근했기에 오랜만에 탄 지하철에서 성우인지 AI 인지, 녹음된 목소리가 문이 여닫힐 동안 연거푸 흘러나왔다.

'발빠짐 주의라고?'

내리면서 발쪽을 흘깃 보았다. 적어도 5호선 오목교역 승강장은 발이 빠질 여지는 없어보였다. 발끝을 세운다면 또 모를까. 하지만 내 발이 다 자란 어른의 것이 아니라 아이의 발이라면 어떨까?

내가 아들 녀석의 나이쯤이었던 것 같다. 지하철이 없던 시절, 엄마와 기차를 탔더랬다. 이모도 동행했다. 어디에 갔다 오는 길이었는지는 어릴 적이라 잘 모르겠지만, 내릴 때 기차와 플랫폼 가장자리 사이에 온몸이 쑥 빠져버렸던 건 너무나 확실하게 기억난다. 오른 편에 엄마가, 왼편에 있던 이모가 순간 동시에 두 팔을 붙들지 않았더라면 어떤 일을 당했을지 생각만 해도 아찔하다. 이모 없이 엄마 한 사람만 있었더라도 자칫 큰 사고로 이어졌을지 모른다. 기차와 연석 사이는 확실히 틈이 많이 벌어져 있었다.

그때 일이 떠올라 발아래를 보니 틈새는 촘촘히 막혀 있다. 굳이 어른뿐 아니라 아이도 발빠짐을 걱정할 필요는 없을 것 같아 보여 안심이다. 지하철 문 사이와 승객들 사이에 스크린 도어까지 있어 혹시 모를 낙상 사고조차 미연에 방지하고 있었다. 예전과는 많이 달라진 모습이고 안전성 측면에서 가히 세계 최고 수준이라고 할 만하다.

그러고 보니 새삼 신기하다. 엄마는 평소에 행동이 굼뜨고 왼쪽 눈은 실명 상태인데다 오른쪽 눈마저 TV 화면을 코앞에 두고 볼 만큼 시력이 나쁘다. 게다가 일찍이 난청과 이명에 시달릴 정도로 청력 또한 좋지 않다. 내가 기억하는 한 엄마는 젊었을 때부터 잘 보이지 않고 잘 들리지 않아 늘 어리바리하고 아는 길 멀쩡히 가다가도 헤매기 일쑤였다.

그런데 꼭 내가 위험한 순간에는 엄청나게 빨라진다. 일곱 살 때 기차에서 내리다 몸 전체가 푹 빠졌을 때도 그랬고, 고1 때도 그랬다. 그 당시 살던 주택은 다른 방들과 달리 내 방만 계단 하나를 딛고 올라서 있는 구조였다. 학교에 갔다 오자마자 피곤해서 곯아떨어졌는데 엄마의 저녁 먹으라는 소리를 듣고 비몽사몽간에 문을 열다가 그만 계단을 헛디뎌 넘어졌다.

앞으로 쓰러지면서 어깨로 방문을 쳤고 그 방문 끄트머리가 옆에 있던 장식장을 때렸다. 장식장의 겉면을 싸고 있던 두터운 유리가 뭉텅이로 떨어져 내렸다. 순간 내 뒷덜미를 누군가 재빠르게 낚아챘다. 몸이 그 곳으로부터 한 30cm쯤 앞으로 미끄러져 나왔고, 내가 있던 자리에는 마름모꼴로 떨어져 나온 큼직한 유리의 끝부분이 마루에 푹 내리꽂혔다. 아마 내가 그대로 고꾸라진 채 주저앉아 있었더라면 유리 끝은 마룻바닥이 아니라 내 뒷덜미를 겨냥했을 것이다. 그때까지 채 깨지 않던 잠이 원목마루를 날카롭게 파고든 유리파편을 본 순간 확 달아났다. 아찔했다.

그런데 부엌에서 밥을 짓고 있던 엄마는 언제 나에게로 달려왔던 걸까. 내 방과 부엌 사이가 그렇게 단숨에 달려올 거리는 아닌데……? 절체절명의 순간에 축지법이나 분신술을 썼을 엄마는 곧바로 다시 더디고 느린 사람으로 돌아갔다.

엄마를 닮아 민첩성 제로인 나도 영화처럼 '순간이동'을 한 때가 꼭 한 번 있었다. 체조와 피겨 스케이팅 중계를 목동과 상암동을 오가며 연이어 하는 날이었다. 바쁜 일정에 아이까지 감기 기운이 있어 얼른 소아과에 데리고 가야 했다. 병원에 갔다가 아이를 집에 놓고 바로 출근을 해야 하니 마음이 급했다. 주차장에는 차가 빼곡했고 내 차는 기둥과 기둥 사이 세워놓은 석 대의 차 중 한가운데 서 있었다. 카시트가 있는 뒷좌석에 아이를 태우려고 좁은 공간 사이로 아이를 안아들고 차문 쪽으로 가다가 그만 방지턱에 발이 걸리고 말았다. 얼른 출발할 생각만 하느라 뒷바퀴 옆으로 삐죽 나와 있던 고무 블록을 미처 발견하지 못한 것이었다.

그때 느꼈다. 순간이동, 엄밀히 말해 몸의 일부분 순간이동은 내가 날쌔게 움직여서가 아니라 시간이 엿가락처럼 주-욱- 늘어나서 가능하다는 것을. 발끝이 걸려 아이를 안은 채 곧바로 수직낙하 하려던 바로 그때, 갑자기 시간이 천천히 흐르기 시작했다. 아이를 안고 있던 오른손이 좀 더 위로 올라가 아이의 뒷머리를 감싸고, 왼손은 약간 더 안쪽으로 들어가 아이의 양 어깻죽지를 끌어안기에도 시간은 충분했다. 두 손이 준비를 마치자마자 기다리고 있었다는 듯 시간은 다시 제 속도로 내달렸다. 간발의 차이로 제일 먼저 떨어진 오른쪽 팔꿈치와 오른쪽 무릎이 아이까지 안은 온몸의 충격을 그대로 흡수했다. 곧이어 내려앉은 아이의 머리는 이미 내 오른쪽 손바닥으로 둘러싸인 채였다. 아이의 눈이 잠깐 움찔했지만 별다른 이상은 없어 보였다. 안도하며 아이를 일으켜 세우고 차 뒷문을 연 뒤 안전벨트를 매줬다.

오히려 쇼크는 나의 뇌로 왔다. 병원에 들렀다가 집을

거쳐 회사로 갔는데 늘 하던 일을 어떻게 해야 하는지도 모르게 하얗고 멍했다. 좀처럼 머릿속 작동 스위치가 켜지지 않았다. 무슨 일 있었냐며 궁금해하는 중계해설위원께 주차장에서 있었던 일을 털어놓았다.

"에이, 낙법을 써서 아이를 감싸안으면서 한쪽 어깨로 떨어졌어야지. 그러면 둘 다 훨씬 안전했을 텐데."

내 부주의 탓이지만 그래도 천만다행이다 싶어 큰일 날 뻔했는데 그만하길… 역시 엄마는… 등등의 말을 기대했건만 오히려 아쉽다는 듯 한마디하셨다. 한국 최초 올림픽 메달리스트였던 전직 체조선수의 조언이라 전혀 반박할 여지가 없었다.

그런데 요행히도 박종훈 해설위원이 우려했던 오른쪽 팔꿈치와 무릎은 이상하리만치 멀쩡했다. 평소 같았다면 최소 6주는 정형외과를 들락거리며 물리치료라도 받았어야 할 판이었는데, 차갑고 딱딱한 콘크리트 바닥을 기세 좋게 내리찍은 두 뼈다귀는 그 후로도 별탈이 없었다. 저질체력에 지표 식물 같은 예민함을 지닌 나로서는 참으로 별스러운 일이었다.

가끔 인터넷이나 TV에 소개되는 영상을 넋을 잃고 바

라볼 때가 있다. 안에 갇힌 사람들을 구하기 위해 뒤집힌 차량을 세우고, 넘어진 기차 한 량을 끝내 일으키는 행인들, 손에 손 잡고 인간 띠를 만들어 물에 빠진 한 명의 아이에게 다가가 기어이 구해내고야 마는 관광객들, 갑자기 쓰러진 사람에게 달려가 응급처치를 하고 119에 전화하며 누가 역할을 정해준 것도 아닌데 마치 원래 한 팀이었던 것처럼 알아서 움직이는 생면부지의 사람들.

이들은 모두 먹고 살기 바빠 갈 길을 재촉하고, 모처럼 벼르고 짬 내서 휴양지를 찾았을 보통의 사람들이다. 이 일사불란하게 힘을 모았던 평범한 사람들은 영상에는 나오지 않았지만 상황이 해결되자 언제 그랬냐는 듯 제각각 흩어졌을 것이다. 각자 가던 길을 가고, 마치 아무 일 없었다는 듯이 하던 일을 계속했을 것이다.

사실 평범해 보이는 우리에게도 얼마큼의 초능력은 무의식 저편 어딘가에 숨어 있는 게 아닐까. 그래서 평소에는 모르고 지내다가도 위기의 순간이 닥치면 감춰져 있던 신비한 능력이 한껏 뿜어져 나오게 말이다.

부지불식간에 토해낸 초인적인 힘으로 슈퍼맨과 배트맨, 스파이더맨, 헐크나 아이언맨처럼 개별 활약을 할 수도, 때에 따라서는 어벤저스로 팀을 꾸릴 수도 있다. 우리는 모두 사랑하는 누군가를 위해서는, 내가 아니면 안 되겠는 그 누군가를 위해서는 찰나에 초인이 된다. 엄마도 그랬고, 나도 그랬고, 지나가던 사람들도, 망중한을 즐기던 사람들도 그랬다. 비록 짧은 동안이겠지만 위험으로부터 어떤 이를 구할 수 있을 만큼은 충분한 순간이다. 그때는 빠르게 달음질치던 시간도 작은 영웅들의 거사를 위해 잠시 숨을 고르며 기다려 줄 것이다.

그래도 낙법은 좀 배워둬야겠다.

수필습작 2. 〈멈추고 싶을 때 한 걸음 더〉

"봄이 되면 너는 뭐하고 싶니?"

회사 문헌정보실에 책을 빌리러 갔다가 한 온라인 서점에서 발행하는 잡지를 처음 발견했다. 대출할 책을 직원이 찾는 동안 이리저리 들춰보다가 '올 봄에 꼭

하고 싶은 일'을 주제로 원고를 받는다는 내용을 발견하고는 이메일 주소 부분을 재빨리 카메라로 찍어 두었다.

글을 써보고 싶다는 간절함이 있어서 개인 블로그에 끼적대거나 취미삼아 좋은 책을 읽으며 필사를 해버릇했는데, 막상 '봄이 오면 뭘 하고 싶은지'에 대해서는 따로 생각해본 바가 없었다. 그래서 언제나 궁금증과 호기심과 가끔은 엉뚱한 아이디어가 넘치는 아이에게 한번 물어보았다.

"나? 봄이 오면 수영할거야."

그 무렵 코로나19 때문에 가정보육을 하게 된 나는 슬슬 지쳐가고 있었다. 아이가 다니던 유치원은 어느덧 졸업이 코앞인데, 아이는 유치원을 못 가고 있는 것보다 수영을 못하고 있는 것이 더 섭섭한 눈치였다.

스포츠센터 내에 있는 유치원은 체육 위주의 수업이 다양했다. 일주일에 두 번, 정규수업에 수영이 있었고 방과 후 수업으로 축구, 인라인스케이트, 농구까지 할 수 있다. 혈기왕성한 아이들이 이리저리 장소를 옮겨가며 에너지를 충분히 발산하고 집에서는 꿀잠을 청하기

알맞은 교육환경이다.

하지만 그 때문에 입학을 망설이기도 했다. 2년 전인 다섯 살 때는 제 발목 깊이의 물도 들어가기 무섭다며 울고불고 떼쓰는 통에 의무적으로 수영을 해야 하는 유치원에 과연 적응할 수 있을지 여부가 입학 전 가장 큰 고민이었기 때문이었다.

예상대로 아이는 물에 들어가는 것조차 힘겨워했고, 수영을 배운지 1년이 다 되어가기까지 물속에 머리를 담그는 걸 어려워했다. 그래도 물에 들어가는 게 어디냐며 가장 느리고 쳐지는 모습도 대견하다고 통유리 너머로 동영상을 찍고는 했다.

잘하지 못하니 그다지 흥미가 있는 것도 아니고, 심지어 한참 뒤에서 출발한 친구에게 역전을 당하기도 하니, 아이는 하기 싫다고 수업을 빠지는 날도 많았다. 그래도 어르고 달래며 수영을 꾸역꾸역 지속하게 했는데, 수영에 흥미를 붙여 초등학교를 가도 수영은 계속 하고 싶다더니 이제는 봄이 되면 가장 하고 싶은 놀이가 된 것이다.

이렇게 물만 보면 자지러지던 아이가 물을 두려워하지

않게 되기까지, 꼬박 2년이라는 세월이 걸렸다. 최근에 새로 온 수영 선생님의 스파르타식(?) 강습 방식-물방울을 튀기고 다이빙을 시키는 등-에 처음에는 강한 거부감을 표하더니 뒤늦게 물과 급속도로 친해졌다. 아이 아빠는 갑작스러운 변화에 놀라며 유치원에 2년 동안 다니면서 딱 하나 건진 건, 바로 수영이라고도 했다.

아이의 더디지만 확실한 변화에 감개가 무량하다. 포기만 안 하면 실패는 아니라더니, 아이 덕분에 기다림의 미학을 어느 정도 알게 되었다고나 할까. 아무리 시도하기 어려운, 심지어 두려운 일이라도 자신만의 속도로 조금씩 가다보면 마침내 할 수 있겠다는 자신감도 생긴다. 다가가기 힘들었지만 일단 친해지면 오래가는 수줍은 친구처럼 수영은, 앞으로 특기나 장점까지는 아니더라도 취미나 소확행이 되어 두고두고 아이 곁에 있어줄 수 있을 것 같다.

내일모레면 유치원 졸업식이고 아이는 드디어 초등학생, 나는 아직도 뭐가 뭔지 모르겠지만 학부모가 된다. 아이가 마침내 수영을 좋아하게 되었듯 나도 봄이 오기 전에 조금씩 흥미를 가지고 오래오래 지속할 수 있는 일을 찾아봐야겠다.

퍼뜩 평생 숙제 외국어가 떠오른다. 진작 사귀고 싶었지만 여간해서는 곁을 내주지 않는 친구다. 나 역시 다가가고 싶은 마음만 있었지 꾸준히 시간을 쏟은 적은 없었다. 영어공부 경험을 담은 책을 읽고 그 뒤편에 원서로 나와 있는 30편의 이솝우화를 하루에 한 편씩 읽기 시작했지만 지난 이틀 동안 그마저도 귀찮다며 하지 않았더랬다. 의욕이나 기력 없는 상황에서는 이불을 박차고 나와 바깥 공기 쐬는 일조차 쉽지 않듯 눈앞에 보이는 영어책을 집어 드는 일은 큰 용기와 결심이 필요하다. 다시 끙-차- 일어나서 부르르 떨리는 손으로 책을 펼쳐야겠다.

그나저나 집에만 있어 한껏 응집된 아들의 에너지가 전적으로 엄마인 나에게 향하니 몸살이 날 지경이다. 봄이 오면 따뜻한 햇살에 바이러스가 스멀스멀 사라지기만을, 그래서 하루빨리 아이와 들로 산으로 외출할 수 있기를 기다려본다.

이상 본심에도 오르지 못했을 수필 두 편을 털어놓았다. 신춘문예 수상작들을 읽어본 결과 어딘가 모르게 자연을 닮은 글, 옛 향수를 느끼게 하는 정겹고 농익은 글들이 선정될 확률이 높아 보인다. '평범한 사람들의 영웅담'과 '음파, 음파' 는 내가 봐도 좀 아니었다.

4

허덕허덕 작가되기

글 조각을 모아 책 퍼즐을 맞추다

스포츠 중계를 관두면서 책을 도피처로 삼고 읽은 책 내용을 잊지 않으려 영상으로 기록하다 보니 유튜버가 되었다(여전히 어설프지만 아이 장난감 리뷰도 꾸준히 올리고 있고). 읽은 책이 머리로 들어오면서 손끝을 타고 흘러나와 이렇게 저렇게 글을 써보다가 블로거도 되었다. 이른바 인기, 파워, 인플루언서와는 매우 거리가 있지만, 이제는 각종 응모전과 책 쓰기까지 욕심을 내고 있다. 만약 누군가 여기까지 읽으셨다면 나는 비록 초보단계이기는 하지만 어느덧 세 번째 책을 낸 작가가 되어간다는 의미일 것이다.

그런데 처음부터 이 책을 쓰려고 한 건 아니었다. 원래는 새벽 방송 사연을 모아 책으로 내려 했었다. 새벽 라디오 〈이현경의 뮤직토피아〉를 진행하면서 청취자 여러분이 보내주신 소소하지만 소중한 사연을 더 많은 사람들과 공유하고 싶었다. 이제 곧 10년이 될 뮤직토피아를 작게나마 기념하고 싶었다. 새벽 두 시, 우리끼리도 아기자기 재미 있지만, '여기에 우리도 있어요, 당신은 새벽에 혼자가 아니에요, 이런 음악 프로그램도 있어요'라고 세상에 소리치고 싶었다.

그래서 사연을 모으기 시작했고, 사연에 답한 방송 내용을 녹취해서 다시 글로 받아 적었다. 새벽에 대한 단상과 라디오 프로그램에 대한 이야기가 일종의 개요가 되었다. 새벽 두 시부터 네 시까지는 감성이 폭발하는 시간이라 살면서 상처받은 이야기, 남에게 말하지 못한 은밀한 속내를 털어낸 청취자들이 많았다. 사연만으로 가슴이 짠했고 찡했다.

반면에 기다리고, 기다리던 반가운 소식을 전한 분들

도 있었다. 취업, 결혼, 임신, 생일, 기념일 등 팍팍한 삶에 어쩌다 느끼는 행복한 순간은 누군가에게 그래도 살만한 세상, 살아갈만한 인생이라는 의미 부여가 된다. 사랑하는 가족을 위해, 지켜주고 싶은 누군가를 위해, 내 안의 어린 나를 보호하기 위해, 나 자신을 믿고 스스로를 격려하며 잘 살자고 다짐하는 내용들도 감명을 주었다. 어제보다 더 나은 하루를 살기 위한 우리들의 노력이 헛되지 않기를 바랐다. 늘 행복하게 지낼 수는 없어도 평범한 하루에 감사할 줄 아는 사람들이 소중하고 편안하게 느껴졌다.

글 조각을 모으다 보니 생각보다 빠르게 책 퍼즐이 완성되어 가고 있었다. 방송 중에 책 선물을 준비 중이라고 고지하고 새벽 라디오 방송 홈페이지에도 게시를 했다. 요즘은 저작권에 대한 개념이 워낙 확실하고 민감한 문제인지라 혹시 본인의 이야기가 책에 실리는 걸 원치 않는 청취자들께 미리 알려주시거나 익명 요청을 해달라고 부탁드렸다. 100개 정도의 사연과 방송 내용, 방송에 못 다한 이야기까지 모아 목차까지 꾸리니 더 기다릴 필요가 없어보였다.

새벽 감성 에세이라는 콘셉트로 출간 기획서를 쓰고

온라인 서점에서 비슷한 느낌의 책을 검색했다. 새벽이나 밤과 관련된 책 제목 옆에 나온 출판사' 이름으로 된 홈페이지를 방문해 열 군데 정도 투고를 했다. 각 출판사 이메일 주소를 한꺼번에 모아서 동시에 발송하는 방법도 있었지만 그렇게 하면 너무 성의가 없어 보일 것 같았다. 해당 출판사에서 이미 나온 비슷한 느낌의 책을 언급하면서 원고검토를 부탁하는 내용을 하나하나 덧붙였다.

용기를 내어 출간 기획서와 목차, 원고 일부를 보내기까지 드는 생각은 대강 이러이러했다.

내가 쓰는 내용이 과연 책이 될까?

글을 얼마나 써야 책이 될까?

이 책을 기획출판 해줄 출판사가 있을까?,

책이 나온다면 기꺼이 읽어줄 독자가 있을까?

써놓고 보니 생각이라기보다는 의구심이라고 하는 편이 낫겠다. 애초에 청취자분들과 기념하려고 모은 것이니만큼 차라리 타 방송사의 '여성시대'처럼 소책자로 발간을 할까, 자비출판을 할까, 그렇다면 비용은 어떻게 마련할까 등 여러 가지 방법을 짜냈다. 마침 나라에서 만 5세까지 주는 아동수당이 1년 연장된 터라 매달 10만 원씩

1년간 모으면 자금마련에 도움이 되지 않을까 싶어 아동수당 적금을 들어둔 것이 있었다. 뮤직토피아 작가들에게 얘기했더니 아동수당은 아동에게 써야지 코 묻은 돈 뺏으면 안 된다는 타박을 들었다.

아는 출판사 대표가 몇 분 있어 원고 검토를 부탁해볼까도 고민했지만 책 제작비용을 귀동냥으로 들어 대강 알고 있었기에 부담을 드리는 것도 도리가 아니지 싶었다. 출간 기획서를 내면 자연스레 신분 노출(?)이 되니 거절에 대한 두려움과 창피함도 무릅쓸 마음의 준비가 잠시 필요했다.

참고로 출간 기획서는 유튜브에 '책 출판', '내 책 쓰기', '저자되기' 등으로 검색해서 정보를 얻었다. 책 쓰기 관련 책들도 읽었다. 출간 기획서에는 저자의 프로필과 책 제목, 기획의도, 콘셉트, 목차, 예상 독자, 경쟁 도서, 홍보방안 등을 적어야 한다. 목차는 완벽하게 틀을 짜서, 원고는 전부 혹은 일부 첨부한다.

휴일 저녁에 출간 기획서와 원고를 보냈는데, 이튿날 아침 한 출판사에서 바로 전화가 왔다. 만날 약속을 잡았다. 출판사 견학도 할 겸 방문할 의사도 있었는데 날짜를

맞춰보니 회사 근처에서 1시간 정도의 점심시간밖에 허락되지 않았다. 출판사 대표와 경영총괄 실장께서 오셨고 미리 예약해둔 곳에서 간단히 식사하며 이야기를 나누었다. 아예 계약서까지 들고 오셨다. 매우 적극적이었으나 예상보다 빠르게 출간을 원했고 기대했던 새벽감성 에세이와는 조금 결이 다른 책이 나올 것 같았다.

하지만 수확은 다른 곳에 있었다. 이미 '소확행 시리즈'를 절찬리에 내고 있다며, 혹시 취미로 꾸준히 하는 것이 있냐고 물었다.

"그럼요, 로잉머신."

노 젓는 시늉을 하며 대답했다. 사내동호회를 하면서 써둔 글들이 떠올랐다.

"잘됐네요. 집필제안서 이메일로 보내드릴게요."

출간기획서를 보냈는데 역으로 집필제안서를 받게 되었다. 그런데 일반적인 책보다 작고 얇아 손안에 쏙 들어오는 크기의 책을 쓰려면 어느 정도여야 할지 감이 잡히지 않았다. 문의를 해보니 원고지 400매 분량이라고 했다.

한글 파일 왼쪽 상단에 〈파일〉을 클릭하면 〈문서정보〉가 있다. 문서정보를 다시 클릭하면 위쪽에 〈문서통계〉라고 나와 있는데 거기로 들어가 보면, 내가 쓴 글이 200자 원고지 기준 몇 장쯤 되는지 가늠할 수 있다. 사람마다 쓰는 스타일이 달라 약간의 차이는 있겠지만 내 기준으로 보면 A4용지 50매가 조금 넘는 분량이었다.

〈문서통계〉로 가늠해보니 사내동호회만으로는 턱없이 모자랐다. 하지만 소확행은 꼭 운동만 의미하는 게 아니라는 생각이 미치자 꾸준히 하고 있는 책읽기와 글쓰기도 범주에 들어갔다. 주제에 맞게 기존 글들을 솎아내고 엮어서 목차를 꾸리고 제목을 지어 기획의도에 부합한지 되물었다.

이튿날 출판권 설정 계약서가 왔다. 출판권, 전송권 등에 관한 조건이 명시되어 있고, 선인세와 원고매수, 원고 인도와 발행기일, 작가 증정본, 작가의 도서구입 비용 등에 대한 내용이 있었다. 초판 인쇄 부수, 책의 정가 등은 표기되어 있지 않아서 메일을 주고받으며 궁금증을 해결했다. 그러고는 스캔한 자필 사인을 첨부 하고 계약서를 PDF 파일로 변환하여 다시 보냈다. (교정 전까지 내용을 추가하여 A4용지 63페이지에 원고지 473매 정도 썼다. 이후 확장, 변형된 책 판형에 맞게 내용을 추가하여 A4용지

82페이지, 원고지로는 599매 정도 썼다.)

만약 책을 내고 싶은 분들이 이 글을 본다면 책 출간에 관한 방법을 알려주는 책들을 미리 읽어보셨으면 한다. 저자 입장과 출판사 입장에서 쓴 책을 동시에 읽는다면 막연함을 조금은 덜 수 있을 듯하다.

뮤직토피아 10주년 즈음을 기념하는 새벽감성 에세이는 다른 출판사와 함께했다. 사계절 사연이 다 녹아들면 좋겠다는 의견에 봄, 여름 사연을 추가하느라 조금은 여유 있게 진행하려 했지만 코로나19로 인한 불경기 탓에 새벽라디오 방송의 운명이 어떻게 될지 몰라 출간순서를 앞세웠다. 연락을 준 게 고마워 한 군데 더 만나본 출판사와는 이런저런 이야기를 나누다가 '존재감'을 화두로 한 에세이를 쓰기로 의기투합하여 덜컥 첫 책을 냈다. 제일 먼저 출판하기로 했던 이 글이 내 생에 첫 번째 책이 아닌 세 번째 책이 된 배경은 대강 이렇다. 믿고 기다려준 출판사 관계자께 감사한 마음 전한다.

5

각골난망 독자 반응

내 책이 마음을 울린다면

“그래서 인생 책은 찾으셨어요?”

내 생애 첫 책을 낸 직후, 어느 온라인 서점과의 서면 인터뷰를 겸하여 출판사와 가진 영상 인터뷰에서 받은 질문이었다. 칭찬받기 힘든 사회생활, 더 인정받기 어려운 가정생활에서 내가 아무것도 아닌 기분이 들어 힘들 때 나를 붙들어준 책과 사람에 관한 에세이였고, 그 안에는 인생의 터닝 포인트가 될 만한 책을 찾고 있다는 내용도 들어 있었다.

"아뇨, 아직… 인생 책을 찾기 위한 여정은 계속됩니다. 쭈-욱-"이라는 정해진 답 대신 나는 바로 전날 아이와 읽은 그림 백과사전《또 이유가 있어서 멸종했습니다》를 떠올리며 말했다.

"현재 내가 읽고 있는 책이 바로 인생 책인 것 같아요. 지금 나에게 가장 큰 영향을 미치니까요."

이 외에도 저자와의 인터뷰는 책 낸 이후의 느낌, 책을 내기까지 행여 걱정스러운 점은 없었는지, 책 내용에 나오는 아이 이야기와 규칙적인 생활 습관에 대한 질문 등등해서 7문 7답으로 이어졌다. 아나운서라는 직업의 특성상 대답보다는 질문에 익숙했기에, 나와 내가 쓴 책에 대한 이야기를 정해진 시간 안에 아쉬움 없이 풀어내려면 준비 시간이 필요했다. 인터뷰 질문을 출판사 에디터에게 메일로 미리 받아 답변 역시 미리 글로 써보고 말로 되뇌며 출근길 차안에서 여러 번 리허설을 했다.

출판사와의 인터뷰 후에, 감사하게도 책을 읽고 많이 공감했다는 후배 아나운서의 요청으로 유튜브 채널 〈스브스 아나운서〉를 통해 실시간으로 온라인 북토크 시간도 가졌다. 구독자들과의 북토크도 온라인 라이브 방송도 모두 처음이라 마음이 달떴다. 책 이야기와 책 선물을 위한 퀴즈가 어우러져 비록 마스크를 쓴 채였지만 웃고 떠들며 대화가 자연스럽게 흘러갔다.

저자로서 처음 해본 인터뷰도 신기했고, 실시간 온라인 북토크도 모두 색달랐지만 피부에 직접적으로 와닿는 건 가까운 지인들의 예상치 못한 반응이었다.

"선배 책 읽으면서 내 얘기 같았어요. 저도 이런 기분 느낄 때 참 많았거든요."

"아니 너 같이 전형적인 '인싸'도 그런 기분을 느낀단 말이야?"

결혼식 때 몰려든 구름 하객으로 입을 떡 벌리게 만들었던 후배의 감상평이 참으로 의외였다. 지금 당장이라도 전화한통만 돌리면 100명은 넘게 모일 것 같은 인사이더 후배도 나의 첫 에세이 제목처럼 '아무것도 아닌 기분'을 느꼈다고 한다.

"그럼요. 저 사실 머릿속은 아웃사이더에요. '인싸'되려고 엄청 노력하는 거예요. 그래서 힘들었어요, 그동안."

겉은 '인싸'인데 속은 '아싸'라 힘든 사람이 그 후배뿐만은 아니었다. 난데없는 이른바 '아싸 커밍 아웃'은 책 출간 이후 내 앞에서 꽤 줄줄이 이어졌다. 그중에 첫 책 낸 거 축하한다며 밥을 사준 회사 동기 오빠도 전형적으로 인맥 넓고 성격이 좋아 두루두루 친한 사람이 많은 외향적인 스타일이었다.

으슥한 밤에 술 한잔 하고 난 뒤에야 촉촉한 눈으로 털어놓을까 말까 한 내밀한 속내들이 책을 매개로 티타임에 노닥거리듯 편하게 다가왔다. 그리고 그들에 의하면 '인싸'는 저절로 되는 것이 아니라 순전히 노력의 산물이었고, 지금도 다른 사람들의 기대치와 자신이 스스로 설정해 놓은 일정 수준에 맞추기 위해 무척이나 허덕대고 있다고 했다. 나로서는 의외였고 충격이었다. 내가 부러워마지 않는 그 존재들이 실은 계속 동그란 원 중심에 머물러 있기 위해 남모르게 삐질삐질 땀 흘리며 버둥대고 있었다는 사실이 믿기지가 않았다.

'에너지가 충만해서 그런 게 아니라, 인간에 대한 애정이 넘쳐서 기꺼웠던 게 아니라, 실은 그만큼을 채워넣고 보충하느라 쉼 없이 페달을 밟았던 거구나.'

어느 노래 가사처럼, 인사이더든 아웃사이더든 우린 너 나 없이 모두가 외로운 사람들이었다. 만나면 행복하여도 말이다. 어느 책 글귀에서처럼 인사이더든 아웃사이더든 '사이드'이기는 마찬가지였다. 그래서 결국은 너나 없이 귀퉁이들인 가여운 우리는 손에 손을 잡고 동그란 원을 그려가나 보다. 점점 크거나 점점 작게 말이다. 책을 계기로 우리는 서로에게 조금 더 다가가고 알게 되었다. 그래서 서로에게 조금 더 따끈해지고 조금 더 훈훈해졌다.

덕분에 모아둔 글을 책으로 펴낼 용기를 얻었다는 어느 선배의 말에 기운이 났고, 갑작스레 돌아가신 내 아버지 이야기에 사실은 아버지가 돌아가셨을 당시 본인도 늦지 않게 뒤따라가고픈 충동을 느꼈다는 또 다른 선배의 문자는 가슴 한 구석을 더 뜨겁게 했다.

"그 발톱 아직도 책상 서랍 안에 있나요?"

불의의 사고로 젖혀진 엄지발톱이 죽은 보라색이 되도록 죽어라 하고 버티다가 스르르 떨어진 어느 날, 자세히 살펴보니 새 발톱을 품고 있었다는 이야기도 첫 책에 써놓았더랬다. 몸의 가장 낮은 자리에서 대접도 못 받던 녀석의 책임감에 가슴이 뭉클해져서 서랍 속에 고이 모셔놓고서는 어느새 잊고 있었는데, 함께하는 〈열린 TV 시청자 세상〉 작가의 뇌리에는 깊숙이 박혔나보다. 책을 쓰면 좋은 점이 생각보다 많았지만 잡동사니 가득한 서랍 속에 뭐가 들었는지까지 너무 시시콜콜 늘어놓은 것 같아서 민망한 순간도 가끔은 있다.

그건 그렇고 대체 오프라인 북토크는 언제 가능할까? 어느 작가가 귀띔해준 대로 꾸민 듯 안 꾸민 듯 하지만 실제로는 무지하게 신경 써서 고른 프렌치 시크 스타일의 블랙 원피스 차려입고 독자들과 직접 만나서 책 이야기를 빙자한 사는 이야기를 원없이 나누고 싶다.

6

충언역이 '악플' 대처

악플 테러에 맞짱 뜨다

"선배님, 선배님께 이 책 꼭 드리고 싶었어요."

"오! 너 책 썼다는 얘기 들었어. 글 쓰는 재주가 있는 걸 몰랐네. 그런데 혹시, 대필한 건 아니지? 큭!"

정년퇴직한 선배라 만나기가 쉽지 않아 기회를 보던 차에, 우연한 만남이 반가워 급하게 매직으로 친필 사인을 하다가 순간 입이 딱 얼어붙었다.

평소에도 개구진 눈빛으로 후배들에게 장난걸기를 즐겼던 선배의 농담에 가뜩이나 좁은 마음이 그만 가시처럼 뾰족해져버렸다.

"…하 …하, 읽어보면 아시겠지만 남이 대신 써줄 내용은 아니라서요."

선배의 입에서 왜 그런 말이 튀어나왔는지 짐작이 가는 바도 전혀 없는 건 아니었다. 그렇다 하더라도 침묵은 용인이라는데, 그런 말을 듣고 '내 안의 어린아이'가 가만히 있을 수만은 없었나보다. 편은 들어주고 싶은데 그렇다고 퇴직한 선배에게 '발끈'할 수도 없는 노릇이라 대화는 그 정도로 급하게 마무리되었고, 속으로 다시는 책을 드리지 않으리라 다짐했다.

뭐 사실 몇 몇 주변인들의 이런 반응은 낯모르는 사람들의 '악플'에 비하면 귀여운 애교 수준이다. 생애 첫 에세이가 출간된 이후, 출퇴근시간 등 자투리 시간을 활용하는 이른바 '엄지족'들을 위한 1분짜리 카드뉴스 형식으로 책에 실렸던 나와 아이의 운동회 때 일화가 소개된 적이 있었다. 마지막 하이라이트인 이어달리기에서 두 번째 주자였던 아이가 큰 덩치 탓에 장애물을 통과 못해 시간을 지체해서 우리 팀이 불리해졌다. 아이는 크나큰 실망감에 자신을 쓸모없는 사람이라고 자책을 했고, 엄마인 나는 화들짝 놀라 뒤에서 끌어안으며 달래주는 내용이었다. 해당 사이트에 들어가보니 조회 수도 처음 보는 자릿수인데다가, 나와 아이가 만화로 그려져서 무척이나 신기했다.

'나는 몽실 단발인데 긴 머리로 나왔네? 이참에 머리 좀 길러볼까?'

'아이는 청군이라 파란색 체육복이었는데 여기서는 노란색을 입었네? 병아리 같다.'

'어머, 유치원 선생님은 남자인데 여자로 묘사됐구나. 하긴 남자 선생님이 좀 드물긴 하지.'

마치 남 이야기인 듯 재미있게 읽어나가다가 가만히 놔두어야 할 판도라의 상자를 건드리고야 말았다. 밑에 눈모양의 '이모티콘'을 클릭해 댓글을 열어보고 만 것이다.

'감동의 눈물 한 방울 똑 흘리려다가 끝에 책 광고 보고 쏙 들어갔다.'

'소설 쓰고 있네. 이거 100% 꾸며낸 이야기라는 거에 내 핸드폰 건다.'

'이런 건 일기장에나 써라.'

'이거 분명히 평소에 엄마가 아이한테 쓸모없다고 지껄였을 거야.'

'책은 뭘 좀 제대로 아는 사람이 썼으면 좋겠다.'

'아무것도 모르면서 위로랍시고 입 터는 것들….'

위로와 격려가 되었다는 고마운 '선플'이 대부분이었음에도 쑥 내려앉은 심장을 부여잡게 만든 건 간간이 끼어든 '악플'이었다. '무플'보다는 '악플'이 낫다는 이야기도 있지만 무수한 '악플'을 쿨하게 웃고 넘길 사람이 이 세상에 몇이나 될까. 이래서 연예인들이 인터넷 댓글을 아예 쳐다보지 않는다고 하는구나 싶었다.

물론 책을 다 읽어본 것도 아니고, 어차피 읽을 시간이 없으니 스낵처럼 즐기듯 요약정리본이나 단편적인 에피소드를 쑥 훑어본 사람들의 그저 스쳐지나가는 한마디였을 뿐일지 모른다. 그래도 이런 말들이 아이와 결부되니 가슴이 무척 쓰렸다. 괜히 아이 이야기까지 써서 아무 것도 모르는 아이의 귀까지 가렵게 했나 싶어서 마음이 더 아팠다. 사실 머릿속에서는 무수히 많은 '댓글에 댓글'을 달고 싶었다.

'저, 그거 꾸며낸 거 아니거든요. 그만큼 드라마틱했다는 얘기죠?'

'사실 쓸모라는 말은 지금도 잘 안 쓰는 말이거든요.'

'그럼 책은 꼭 엄청난 학자와 대단한 지식인들만 써야 하나요?'

결국 수면 위로 떠오르는 수많은 반박문을 다시 가슴 속에 가라앉힌 채 대댓글은 달지 않았다. 선플은 비타민이고 악플은 독이지만, 독도 잘 쓰면 효과 좋은 명약이 될 수 있지 않을까 싶었기 때문이다.

변질된 통조림을 잘못 먹으면 '보툴리눔 독소'에 의해 호흡곤란을 일으키고 심하면 사망할 수도 있지만, 정제 후 추출한 '보톡스' 주사로 맞으면 근육의 경련 증상을 치료하거나 심지어 턱이 갸름해지는 효과를 보는 것과 같은 이치다. 독이 약으로 변하고 미용효과까지 누릴 수 있다. 대신 아주 촘촘한 체에 걸러 극소량만 써야 하니 양 조절은 필수다. 그 전에 적잖이 따끔할 수 있으니 미리 심호흡을 해둬야 한다. 해당 부위 근육이 잘 드러나도록 이를 악물어야 한다.

칭찬이건 비평이건, 관계없이 그저 내 안에서는 그냥 하고 싶다고 아직까지는 이거 아니면 다른 건 떠오르지 않는다고, 그래서 글쓰기를 계속 해야 될 것만 같다고 말한다.

내 마음이 이제 그만하면 됐다고, 할 만큼 했다고 할 때까지는 그때그때 충실한 생각과 솔직한 감정이 떠오를 때마다 '같이 보는 일기장'에 그만큼의 고만고만한 글을 써내려가야 될 듯하다.

그러다 보면 불필요한 오지랖과 가슴 찌르는 '악플'도 다 흘러가 버리겠지. 자식들을 대학으로 떠나보내니 '빈 둥지 증후군' 때문에 힘들겠다던 이웃에게 '빈 둥지'가 아니라 '열린 둥지'라고 유쾌하게 대꾸한《오늘부터 딱 1년, 이기적으로 살기로 했다》의 샘 혼 작가처럼 나도 언젠가 귀에 자꾸 걸려서 가슴에 손을 얹게 만드는 말, 말, 말들에 대해 'No thank you' 또는 '반사!', '네, 명심하겠습니다!' 라고 쿨~하게 말할 날이 오겠지라고 믿어본다.

혹시 대필한 거 아니냐고 짓궂은 농담을 건넸던 그 선배를 한 후배 결혼식장에서 다시 만났다. 내가 드린 책을 뒤늦게 다 읽었다며 '그때 네가 그렇게 힘든 걸 몰랐구나. 읽는 내내 선배로서 가슴이 짠하고 미안했다'라는 말씀을 해주셨다. 그 순간 가슴 깊은 곳 어딘가에 알알이 박혀있던 작은 응어리들이 한꺼번에 사르르 녹아내리는 것 같았다. 오랫동안 간절히 바라던 말이었다. 진심으로 고마웠다.

Chapter 6

급할수록 돌아가자, 연금 테크

1

시작이 반 IRP(개인형 퇴직연금)

"앗, 내 연금이 왜이래?"

작년 연말부터 슬슬 불어닥친 주식열풍에 힘입어 뒤늦게 재테크에 관심이 생겼다. 초저금리 시대에는 예금이자가 물가상승률을 따라가지 못해 투자를 안 하면 잃는 시대라는 말에 가만히 있다가는 나만 저만치 뒤처질 것만 같았다. 투자를 하는 것보다 하지 않는 게 더 위험할 수 있다는 말에 예금밖에 모르고 숫자만 보면 머리가 아파지는 내가 바보처럼 느껴졌다.

그래서 우선 내 예금이 어디에 얼마나 예치되어 있는지 통장을 뒤지며 정리를 시작했다. 생전 처음으로 내 재산이 어디에 얼마나 있는지 알아보며 새해맞이로 미리 구입한 다이어리 뒤편에 연필로 기입해 나갔다. 직장생활을 24년 동안이나 했는데 기대만큼 현금이 많이 쌓여 있지는 않았다. 실망스러웠다. 운이 좋아 정년퇴직이 가능하다면 11년은 더 일할 수 있겠지만 지금처럼 재테크에 무관심하다면 결과는 보지 않아도 뻔할 노릇이었다. 요즘말로 '현실 자각'이 나를 '강타'했다.

정신이 번쩍 들자 다음 차례는 나라에서 알아서 노후 대비하라고 과세이연 등 여러 혜택을 주며 대놓고 권장하는 개인연금이었다. 1년에 700만 원까지 소득에 따라 13.2~16.5%의 혜택을 받을 수 있는 연말정산 세액공제액도 확인할 겸 평소에는 관심 없던 내 연금이 어떻게 굴러가고 있는지 들여다보다가 또 한 번 화들짝 놀랐다. 은행 직원의 권유로 아무 생각 없이 들었던 IRP(개인형 퇴직연금, Individual Retirement Pension) 통장에는 소소하다 못해 깜찍한 자동이체 금액인 10만 원이 매월 찍혀 있었고 그마저도 지난 초여름부터는 끊긴 상태로 방치되어 있었기 때문이다.

'이래서는 정말 안 되겠구나!'

보험업을 하는 친척 어른의 권유로 매달 붓는 연금저축보험과 월급통장에서 자동으로 빠져나가는 연금저축신탁채권 액수를 제외한 연말 세액공제 최대한도를 은행 IRP통장에 모바일로 급하게 이체했다. '2015년부터 들었던 IRP의 혜택을 제대로 알고 한도를 꽉꽉 채웠으면 꽤 많은 돈을 절세할 수 있었을 텐데…. 사실 재테크의 최고봉은 절세가 아니던가? 나는 도대체 뭐하고 살았나' 이런 저런 생각이 들며 그간의 무심함과 무지가 무척이나 뼈아팠다.

'가만 있자, IRP를 예금으로만 해 놓을게 아니라 펀드를 해보면 어떨까?'

그당시 IRP는 증권사와 은행 등을 통해 가입할 수 있지만 ETF(상장지수펀드), 리츠(부동산 투자 펀드) 같은 다양한 상품에 투자할 수 있는 증권사와는 다르게 은행은 예금과 펀드 정도로만 한정되어 있었다. 계좌를 증권사로 이전할 수도 있지만 어차피 개인연금의 또 다른 종류인 연금저축펀드 계좌를 새로 만들면 되기에 은행 IRP는 그대로 남겨두고, 이미 들었던 예금의 만기가 돌아오는 대로 조금씩 가입할 펀드를 알아보았다.

원금을 보장해주는 예금과 다달이 월급통장에서 알아서 빠져나가는 연금신탁채권은 이미 있기에 펀드는 주식형 펀드와 주식혼합형 펀드 중에 다소 공격적인 상품으로 골랐다. (참고로 연금신탁채권은 현재 없어진 상품으로 신규가입이 불가능하다.) 대신 10년 후에 연금으로 사용할 펀드라 오래 투자할 수 있으려면 운용보수가 부담없어야 했다. 수익이 나지 않거나 손실을 볼 가능성도 염두에 둬야 하기 때문이다. 그래서 보수는 최대 0.5%를 넘지 않는 인덱스 펀드와 선진국에 투자하는 펀드 몇 가지를 매수예정 상품에 담았다.

재테크는 늦었다고 생각할 때가 진정 늦은 거라 후회막심이다. 작은 한숨이 새어나오기는 하지만 존 리 대표의 말처럼 지금이라도 당장 시작해야 한다. 지나간 세월은 어쩔 수 없으나 나에게는 아직 십여 년의 시간이 남아 있다.

2

십시일반 ETF(상장지수 펀드)

돈 공부를 시작하니 또 하나의 세상이 열렸다. 새벽에 일어나 연금운용에 관한 책을 읽고 열심히 유튜브도 찾아 들었다. 출퇴근길에 차 안에서 모바일로 들은 사내 인터넷 강의는 공적연금인 국민연금과 나라에서 보장하는 주택연금에 대한 이해를 넓히는 데 도움을 주었다.

물가상승률을 감안한 국민연금은 연금 중에 가장 가성비가 높다. 2054년쯤 고갈 우려가 있지만 우리나라의 연금 운용 규모가 전 세계 4위권이고 아직까지 연금을 못 준 나라는 없다고 하니 믿어본다. 65세부터 받는 국민연금은 79세 이후까지 생존할 경우 최대 70세부터로 늦게 수령하는 것이 여러모로 유리하다는 통계치도 있다. 이래저래 건강하게 오래 살고 볼일이다.

주택연금은 공시가격 9억 이하까지의 집을 담보로 매월 연금형태로 일정액을 지급받을 수 있어서 '최후의 보루' 같은 느낌이다. 나이가 많고 주택가격이 비쌀수록 받는 돈도 많아지거니와 재산세와 상속세를 절감하는 효과도 있단다.

자, 국민연금과 주택연금에 대해 알아보았으니, 이제부터 개인연금은 내가 할 나름이다. 예금 일색이던 IRP를 펀드로 죄다 바꾸고는 연금저축펀드 계좌도 알아보았다. IRP의 자매품인 연금저축펀드 계좌 안에 ETF(상장지수펀드)를 담기 위함이었다.

이른바 결정 장애인 나는 증권사 선택부터 애를 먹었다. 가장 저렴하면서도 혜택을 많이 주는 증권사를 찾기 위해 여러 사이트를 뒤지며 비교해 보았지만 결국 선택은 수수료와 이벤트 말고 오래도록 가장 탄탄할 것 같은 증권사였다.

상장지수펀드인 ETF는 펀드지만 주식처럼 직접 사고 팔 수 있어서 편리하다. 일반 펀드보다 운용보수도 저렴하고 혹시 상장 폐지되더라도 투자 금액은 돌려받을 수 있다고 한다. 주식처럼 단일 종목이 아닌 섹터별로 묶어놓은 종목들을 한꺼번에 사는 것이라 부담도 적다.

가령 미국의 IT 산업을 선도하는 페이스북(Facebook), 애플(Apple), 아마존(Amazon), 넷플릭스(Neflix), 구글(Google) 중 어떤 기업에 투자할지 모르겠다면, 다 사고 싶지만 자금이 부족하다면, 이 회사들의 앞글자를 따서 FAANG으로 묶어놓은 ETF 상품을 골라 매수하는 식이다. 이 과자도 궁금하고 저 과자도 집고 싶을 때, 어떤 과자를 골라야 할지 망설여질 때 종합선물세트를 사버리면 되는 것과 같은 이치다.

그런데 이런저런 과자들이 잔뜩 섞여 있는 종합선물세트의 적정가격을 나 같은 초보는 가늠하기 힘들었다. 그리고 과자 중에서만 고르는 걸 넘어서 빵과 음료수, 과일에 아이스크림까지 몽땅 다 먹고 싶다면 어찌할까? 이럴 땐 그냥 인덱스 펀드의 창시자 존 보글의 명언처럼 "건초더미에서 바늘을 찾으려 애쓰지 말고 그냥 건초 더미를 산다"는 심정으로 국내 코스피나 해외 나스닥 또는 S&P 500을 대표하는 기업들을 묶어놓거나 전체 지수를 추종하는 ETF를 사면 된다. 가급적이면 국내외 종합주가지수가 조금 내려앉을 때 진입해 조금씩 모아가는게 좋다.

연금저축펀드 계좌로 ETF를 사 모을 땐 국내 상품보다는 국내 상장 해외 ETF가 매매차익과 분배금에 대한 배당소득세를 과세이연으로 늦출 수 있고, 나중에 연금소득세로 절세할 수 있어 더 이득이라고 한다. 하지만 관리 편의상 국내, 해외 상관없이 마음에 드는 녀석들을 같은 연금저축계좌라는 한 바구니에 담고 있다.

이 섹터가 유망하다, 저 분야가 전망있다는 전문가들의 예측과 나름의 기대감으로 사 모으다 보니 가짓수만 한없이 늘어난다. 금액이 귀여운 수준이라 그런지 무려 마이너스 8% 손실을 봐도 알고 보면 2만 원 남짓이다. 이대로 가다가는 정신만 사납고 관리가 안 될 것 같아 정리를 해보려는데 자꾸만 매력적인 신상품들이 쏟아져 나온다.

연금저축펀드의 세액공제 한도는 매년 400만 원, IRP를 포함해 700만 원까지이지만 운용은 1800만 원까지 가능하다. 라디오 캠페인이나 뉴스 진행비같이 몇천 원에서 1만 원 정도의 비정기적인 자금이 생기는 대로 틈틈이 불입할 생각이다. 자금이 적으면 걱정도 적다.

3

여유만만 주식투자

아이가 마트에서 고른 우유맛 과자. 벌써 두 번째 집은 것임을 상기하고 낯선 기업명을 검색해 본다. 이전 같으면 1+1 또는 2+1 행사에나 관심을 기울였을 텐데, 사자마자 부품이 고장 나서 A/S를 맡긴 장난감. 그 회사의 직원이 무척이나 싹싹하다. 깔끔한 일처리까지 고객 감동인데? 평소라면 '직원이 참 친절하군'이라며 넘어갔을 일이 이번에는 한 단계 더 나아간다. 간단히 알아본 결과, 아쉽게도 두 기업 모두 상장 전이다.

수많은 주린이(초보 투자자) 물결에 나도 연금 운용이

라는 명목으로 얼결에 편승했고, 펀드와 ETF는 꽤나 신중을 기했건만 주식 시장에서는 마음이 급했다. 하필 그때 예금만기가 도래했다. 원래는 10년 넘은 애마를 새 차로 바꿀 생각이었다. 퇴근길에 멀쩡히 주행하다 고가도로 위에서 갑자기 멈춰버리자 이제는 정말 보내줄 때가 되었다고 느꼈기 때문이다. 하지만 그 돈은 약간의 수리비를 제외하고 몽땅 주식계좌로 들어갔다. 정신없이 내달리는 그래프를 따라 "가즈아!" 구호를 외치며 허둥지둥 추격 매수한 대가로 수업료를 톡톡히 치렀다.

이른바 고점에서 물리며 절실히 느낀 건 주식은 멘탈이라는 것, 그리고 주식은 또한 기다림이라는 것이었다. 무수히 많은 파란 글씨를 보면서, 변동장세라는 오르락내리락 롤러코스터를 타면서 서서히 요령이 생겼다. 마음에 드는 우량기업에 투자를 하기 위해서는 한창 콧대 높이며 날아갈 때 헐레벌떡 쫓아가면 아니 되는 법이었다. 잠시 숨고르기 할 때까지 가만히 지켜보다가 낮은 곳에 임할 때 만나서 같이 손잡고 올라가야 하는 것이었다.

그러면 하루 종일 주식 호가창을 쳐다볼 필요도 없다.

장이 열리기 30분 전쯤 원하는 종목과 가격에 매수 버튼을 눌러놓고 업무에 매진하다가 장이 끝나기 10분 전쯤 체결 여부만 확인하면 된다. 사면 좋고 못 사면 예수금이 고스란히 남는다. 코스피 지수가 오르는 날은 굳이 주식을 살 필요 없다. 다음번에 사면 된다. 오늘만 날이 아니다.

기억력의 한계 때문에 다이어리에 그 날 산 종목과 주식 수, 매수가격을 적어 놓는다. 여유가 되면 다음날 사고 싶은 기업의 주식과 원하는 가격을 적어 놓고 계획대로 진행한다. 전 세계 인구 중 진정한 멀티 플레이어는 극소수다. 일 하느라 바빠서 못 사면 할 수 없다. 주식과 일은 병행할 수도, 해서도 안 된다. 그리고 운 좋게 사봤자 한두 주 정도다. 매달 카드값과 관리비, 보험료 등을 낼 만큼의 통장 잔고는 남겨 두어야 하니까.

굳이 서두를 필요도, 보험이나 예 · 적금을 깨거나 대출을 받을 필요도 없다. 약간의 자금을 들고 끈질기게 기다리다 보면 사이클은 돌고 돌아 한두 번의 매수 타이밍은 꼭 오는 법이다. 다만 그 사이클은 며칠 만에 올 수도,

몇 달이 될 수도, 심지어 통신주나 철강주마냥 수년이나 십수 년이 될 수도 있다.

요즘은 빚내고 영혼까지 끌어모아 너도 나도 한다는 주식 투자. 초저금리에 내 집 마련이 요원하다고 느낀 젊은이들의 서글픈 선택이다. 그렇더라도 배고픈 건 참아도 배 아픈 건 못 참는다는 인간의 본능에 따라 '상대적 빈곤감'을 느끼기 딱 좋거니와 "너 돈독이 올랐구나?"라며 비난 듣기 십상인 주식을 애써 '소확행' 범주에 놓은 이유는 두 가지다.

우선 두고두고 할 수 있고 비록 적은 금액이지만 어엿한 소액 투자자로서 이른바 '부 캐릭터' 활동이 가능하기 때문이다. 20대에 본격적으로 시작한 주식으로 30세때 백만장자가 된 투자의 대가 '워런 버핏'도 여전한 90대 현역이다. 그 할아버지를 보면 투자는 은퇴 후에도 지속할 만한 소일거리가 아닐까 싶다.

그러려면 무엇보다 마음이 불편하지 않아야 하겠지? 단기간에 성과를 내겠다는 헛된 욕심을 버리고 취미삼아 하다가 점점 시간과 노력을 투자해 특기로 삼겠다는 목표가 있어야 한다. 그러니 내가 산 주식이 다락같이 올랐다고 들떠서 지레 술을 살 일도, 폭락했다고 밤새 잠을 설칠 일도 아니다. 아직 우리는 매도 버튼을 누르지 않았기 때문이다. 속은 쓰리지만 누가 그러지 않았나. 매도 버튼을 누르기 전까지는 손해난 게 아니라고. 공부처럼 주식도 영리한 머리가 아닌 진득한 엉덩이로 하는 거라고. 이제 주식 세계에 입문한 왕초보이기에 아무것도 모르는 상태에서 오히려 편하게 할 수 있는 큰소리다.

4차 산업의 쌀이라 불리는 반도체, 충전이 가능한 2차 전지, 자율주행이 예정된 전기차와 헬리콥터처럼 뜨고 내리는 택시, 지상 50~100km 준궤도(sub-orbital)를 유람할 우주여행까지, 남의 일 같지 않은 미래가 장차 어찌될까 가슴이 설렌다. 관련 주식을 몇 주 샀다는 이유로 없던 관심과 상식이 절로 생긴다. 어려운 경제신문을 밑줄치며 읽을 수 있게 되는 기적. 이것이 주식을 조금씩이라도 하면 좋은 두 번째 이유다.

코로나19 공포가 극에 달했던 2020년 봄, 1997년 IMF와 2008년 미국발 서브프라임 모기지 사태를 겪은 베테랑들은 이때가 기회라며 폭탄세일된 주식들을 통 크게 주워 담았다. 그때 나는 쌀을 비롯한 비상식량과 어린이용 마스크, 각종 필수품, 그리고 면역력에 좋다는 영양제와 코로나19 치료에도 효과를 보았다는 각종 약을 가득 쟁여두었다. 다용도실에는 아직도 대용량 간장과 식초, 락스와 콩기름이 안 그래도 좁은 공간을 잔뜩 차지하고 있다.

"그래도 우리 식구 여태 건강하고 아무 탈 없는 게 어디니?"

엄마 말씀에 시곗바늘을 거꾸로 돌리고 싶다는 부질없는 생각은 접었다. 아무래도 올해는 마늘장아찌와 오이피클을 넉넉히 담가야 할 것 같다. 주말에는 집에서 아이가 좋아하는 닭고기도 몇 번 튀길 생각이다.

큰 욕심만 부리지 않는다면 오랫동안 할 수 있는 주식투자. 주식시장의 변화무쌍한 출렁임이 마치 우리네 인생의 희로애락 곡선 같다. 탄탄하게 성장할 기업을 골라 끈기 있게 기다리면 언젠가 오르리라는 희망으로 느긋하게 공부하며 버티기. 저평가 우량주도, 내 인생도 여러 부침을 겪으며 결국에는 '우상향'하기를 기대한다.

힘껏 내던진 부메랑처럼 기회는 언젠가, 반드시 온다.

4

심사숙고 ISA(개인종합자산관리계좌)

ISA(Individual Savings Account) 계좌는 통장 하나로 예·적금, 펀드, 국내 주식 등 종합 자산관리가 가능한 계좌다. 한 해 2000만 원씩 5년 동안 최대 1억을 납입할 수 있고, 전년도에 채워놓지 못한 금액만큼 이듬해에 추가로 더 넣을 수 있다. 재테크의 최고봉은 합법적인 절세라고 생각하는 나에게 중개형 ISA는 딱 맞는 중장기 투자용 종합계좌다.

알다시피 주식배당금의 소득세는 15.4% 원천징수되어 내 증권계좌로 들어온다. 투자하는 계좌만 ISA 계좌로 바꿔도 매년 나가는 세금이 절약된다. 최종 손익통산

200만 원까지 비과세이고 초과분은 9.9퍼센트 분리과세로 절세를 할 수 있다. 특히 2023년부터는 국내 주식에도 양도차액에 대한 전면 과세가 시행된다고 한다. '양도세 낼 정도로 수익이 많았으면 좋겠다'는 우스갯소리도 있지만 장차 사람일은 모르는 법이니 올해부터 2년 동안 배당주를 중개형 ISA 계좌에 차근차근 담기로 했다.

본디 연금 관련 책에서 추천하는 재테크 순서는 다음과 같다. 먼저 연금저축펀드에 400만 원, IRP에 300만 원. 이렇게 세액공제 한도 700만 원을 채운 뒤 여유 자금이 생긴다면 1100만 원을 다시 연금저축펀드에 넣는다. 그래도 남는 돈이 있다면 마지막 투자처는 ISA다.

그런데 나는 꼴찌인 ISA의 순서를 한 단계 앞세웠다. 마음 같아서는 파란 물결 넘실거리는 증권사 앱을 조용히 삭제해 버리고 싶지만 그럴 순 없기에 무의식의 심연으로 보내고, 손 털어 새출발 하고픈 마음으로 ISA 계좌를 튼 측면도 없지 않다.

"좋은 주식을 사모아서 배당을 받으며 평생 들고 가라."

한 경제연구소 소장 출신의 유튜버가 한 말이다. 그분

의 조언을 참고하여 우리나라 국민주, 전기차 선도주, 금융주 그리고 지주회사 지분을 아주 조금씩 늘리고 있다.

그런데 이거 참 난감하다. 주식 가격에 연연하지 말고 기업 가치를 보라고 했는데, 주가가 오르면 올라서 못 사겠고, 떨어지면 떨어져서 못 사겠다. 불에 불도, 물에 물도 못 타고 이러지도, 저러지도 못하겠는 것이다. 그러다 보니 이미 사둔 얼마 안 되는 주식은 놔두고 자꾸만 새 기업을 찾아 가짓수만 늘린다. 이러다가는 30개들이 계란 한 판이 금방 차버릴 지경이다.

하지만 어떠랴. 어느 자산운용사 대표는 3~5종목만 깊이 있게 파고들라고 했지만, 또 어떤 애널리스트는 대학 입학하는 자녀에게 시가총액 1위에서 50위까지의 기업들 한 주씩을 모두 사주었다는 일화를 전한 바 있다. 사놓고 보면 업종별 동향과 추세가 한눈에 들어올 테니 나 같은 주린이에게는 시험 삼아 시도하기 괜찮은 방법이 될 듯도 하다.

다만 여기서 주의할 점 한 가지. 조금 번거롭더라도 연금저축펀드 계좌와 ISA 계좌는 서로 다른 은행이나 증권사로 하는 게 좋겠다. 그렇지 않으면 연금저축펀드에 넣어야 할 ETF를 실수로 ISA에 담는 상황이 발생할 수 있다. 버튼을 누르는 건 순간이고, 순간의 착각은 '아차'하는 찰나, 되돌릴 수 없는 기록으로 남는다. 동일한 금융기관이라도 개별 종목 호환이나 이전은 안 되는 것 같다. 시도했지만 실패했다. 어차피 둘 다 내 계좌라서 무슨 큰일이 날 것까지야 없지만 말이다.

그나저나 연금 테크를 비롯한 재테크를 시작하며 평소에 곧잘 쓰던 하늘색 형광펜을 멀리하게 되었다. 하늘색은 파란색 친척이다. 대신 가급적 활황을 상징하는 빨강에 가까운 오렌지색 형광펜에 손을 뻗어 힘차게 밑줄을 긋는다. 따뜻한 느낌의 빨강 계열을 잘 받는 '웜 톤'이 아닌 찬 느낌의 푸른색이 어울리는 '쿨 톤' 피부라 남색 재킷은 고수하더라도 다이어리, 가방 같은 자잘한 소품이나 휴대품은 크림슨의 붉은 정열을 품는다. 경제적 자유는 이제 걸음마, 시간적 자유만 가까이, 가까이 더 가까이인 가운데 수익 말고 별스러운 징크스부터 얻었다.

5

유비무환 아이 증여

똑똑한 엄마들은 아이 증여에 있어서도 똑 소리가 난다. 아이가 태어나자마자 2000만 원 증여를 하고, 열 살이 되면 또다시 2000만 원을 증여한다. 그리하여 미성년 기간에 총 4000만 원, 성년이 되면 다시 10년마다 5000만 원까지 세금 없이 증여할 수 있다. 진작 알아봤으면 좋았을 텐데 나는 언제나 뒷북이다. 이벤트로 아이 도장을 파준다 길래 17세 이전까지는 부어봤자 의미 없다는 청약통장 하나 만든 게 고작이니.

한 번의 기회는 놓쳤지만 이제라도 증여하고 싶어서 찾아낸 방법은 금액의 한도가 있을 뿐 보통의 재테크와 그리 다르지 않았다. 예금, 적금, 펀드, ETF, 주식, 보험 등등. 선택은 자유이되 조금이라도 자산가치가 낮을 때 일찌감치 물려주는 게 이득이다.

그런데 의외의 난관이 있었다. 원칙상 아이 통장에 용돈을 넣어줄 때마다 증여한 날로부터 3개월 이내에 국세청 사이트로 들어가 증여신고를 해야 하고, 신고한 날부터 비과세 적용 시점이 계속 달라진다고 하는데….

'이게 무슨 말이야? 증여할 때마다 비과세 되는 구간이 점점 뒤로 밀린다는 이야긴가? 이렇게 하다가는 10년 뒤가 아니라 최소 20~30년 뒤에야 다시 증여를 해줄 수 있다는 말이잖아?'

도통 무슨 말인지 모르겠고, 이렇게 이해한 게 맞나 혼란스러웠다. 그러느니 아예 2000만 원을 한꺼번에 신고한 뒤 그 돈으로 주식을 사거나 예금을 들어놓으면 간단히 해결될 일이었다. 하지만 목돈 마련에는 일정 기간이 필요했고, 이런저런 핑계를 들어 모으기도 전에 다 써버릴 것만 같았다.

"여보, 아이한테 2000만 원까지 세금 없이 줄 수 있대."

혹시나 하는 기대로 넌지시 옆구리를 찔렀지만 아이

아빠는 단박에 대꾸했다.

"나도 그럴 돈이 있었으면 좋겠네!"

말하는 그 표정이 참으로 야무졌다.

결국 책도 들춰보고 선배 엄마들의 블로그를 뒤지며 선택한 방법은 용어부터 낯선 '유기 정기금 증여'였다. 정해진 기간 동안 일정 액수를 정기적으로 주기로 자식과 나 사이에 약속을 하는 것이다.

만약 10년 동안 매달 20만 원씩 아이 통장에 자동이체를 걸어놓으면 한 해에 240만 원, 10년 동안 2400만 원이 건너간다. 그렇다면 400만 원이 초과되어 이에 대한 세금을 물어야 하지만, 미래 물가상승률을 감안하여 3% 정도를 깎아주고, 그래도 초과된 금액은 세금을 물지 않는 구간에 해당되어 증여세는 0원이 된다는 논리다. 증여 액 최대치를 끌어낼 수 있는 방법이라는 장점이 있는 반면, 한 번 신고하면 되돌릴 수 없다는 단점도 있다.

나는 이마저도 부담을 줄이고 싶어서 기존 아이 명의의 통장에서 직접 돈이 빠져 나가도록 적립식 펀드를 세팅했다. 설날, 어린이날, 생일에 친척들이 주신 돈부터 투자하면 내 돈은 천천히 채워넣어도 되겠다는 계산이 들어서다. 아이는 이 사실을 아직 모르고 있다.

마지막 관문, 증여신고는 좀 복잡하다. 내가 아닌 아이가 기준이다. 새로 아이 이름의 공인인증서와 홈택스 전용 아이디, 비밀번호를 만드는 절차를 거쳤다. 세금 신경 쓸 일 없는 직장인에게 이런 과정은 골치가 아플 정도로 난관이었다. 몇 번의 시도 끝에 겨우겨우 신고를 마치고 결과를 기다리고 있다. 국세청에 전화해본 결과, 한 6개월 걸린단다. 느긋하게 기다릴 일이 하나 더 늘었다.

그래, 이렇게 일정액을 꼬박꼬박 적립해주는 것만으로도 우리는 꽤 괜찮은 부모다. 미래의 아이 학비로, 사회생활 초기에 종잣돈으로도 활용 가능하니까.

지금까지 연금 테크로 시작해 주식과 아이 증여까지 얼떨결에 시작하고 어설프게 지속하고 있는 이야기를 들려드렸다. 방향은 중구난방, 좌충우돌 어지럽지만 지향점만은 확실하다.

단군 이래 부모보다 가난한 첫 세대라는 우리 아이들에게 조금이나마 도움이 되고 싶다는 바람, '무병장수'를 꿈꾸는 현대인들의 진정한 리스크는 '유병장수'라는데,

내 의료비 정도는 내가 마련하여 자식에게 짐이 되지 않고자 하는 마음, 대한민국 남녀 평균 기대수명이 어림잡아 6년 차이가 나는 상황에서, 언젠가는 싱글이 될 가능성에 대비하고픈 유비무환의 자세.

이것이 내가 소소하지만 확실한 행복을 위해 연금 테크를 시작한 사연을 넣은 이유다. 그날그날 시장 가격에 일희일비하지 않는 대범함, 내가 투자하는 기업과 같이 커나갈 수 있다는 확신이 있다면, 그래서 차근차근 지속할 수 있겠다 싶다면 재테크하는 과정조차 소확행이 될 수 있지 않을까 싶어서다. 허나 투자는 결과로 말한다. 제아무리 뜻이 좋고 과정이 견딜만하더라도 투자는 투자다. 투자는 성과가 따라야 한다. 그래서 현명한 기다림이 필요하다.

그건 그렇고, 주식을 시작하자 몰랐던 나의 단면이 드러난다. 나는 소유욕이 정말 강한 사람이었다. 손해가 나든 이익이든 여태 한 주도 매도하지 않고 있다. 주식과 사랑에 빠지지 말라는데 내가 투자한 기업은 단 한 종목도 놓아주기 싫은가 보다. 이런 경우를 빗대 그 주식과 결혼했다고 한다. 평생 해로할 것 같은 강한 예감이 든다. 다만 배우자는 점차 늘어날 전망이다.

에필로그

활기차게, 격조 있게, 깊이 있게 소확행

사무실 책상 위가 곧 폭발할 것 같아 쌓여 있던 자료와 예전 다이어리, 방송원고와 프린트물들을 정리한 날이었다. 화장품을 왕창 사며 사은품으로 받은 책상 달력을 겸한 메모장이 눈에 들어왔다. 책상 위에 서 있어야 할 스케줄러가 공간이 비좁아 쌓아둔 종이더미 맨 아래 바짝 눌려 있었다. 앞쪽 페이지를 훑어보니 새벽 라디오를 진행하며 선곡한 팝송들이 빼곡하게 적혀 있었다.

'다 내가 좋아하는 곡들이네. 조금씩 다시 활용해야겠다.'

선곡 리스트는 문제은행이자 기출문제 수록집이다. 숨겨두고 잊었던 비상금을 발견한 기분이었다. 계속해서 뒤

쪽을 넘기니 피겨 중계를 하며 요약한 선수들의 프로필과 해당 경기의 의의, 우승 가능성 높은 외국 선수와 우리 선수들의 예상 순위 같은 방송할 때 코멘트 할 대강의 내용이 담겨 있었다.

'그래, 그 시즌에는 이 선수가 전성기였어.'

당시 최고의 주가를 올리며 활약했던 선수들은 이제 결혼을 해서 아이 엄마가 됐거나 경험을 살려 중계석에서 해설을 하기도 하고, 선수들을 육성하며 후진양성에 힘쓰고 있다. 때로는 자신이 걸어왔던 길과 전혀 다른 곳에서 새로운 삶을 발견한 경우도 있었다.

'현재는 과거가 이끌고 떠받쳐서 만들어낸 것이겠지.'

인생무상이라지만 과거의 내가 아쉽지 않아야 뒤돌아 후회가 적다. 코치나 해설위원이라는 자리는 모든 선수에게 주어지는 기회가 아닐 테니. 새로운 삶 역시 용기와 결단이 필요한 일이고.

메모장을 합심해 넘기던 엄지와 검지가 경기 끝날 때마다 중계방송을 모니터하고 느낌과 감상을 적어놓은 부분에 다다르자, 어느새 나는 어쩌다 마음 단단히 먹고 실행한 정리정돈 중이었다는 것도 까맣게 잊은 채 옛 일기장 들여다보듯 그때 그 시절로 돌아갔다.

'활기차고 격조 있고 깊이 있게!'

내가 언제 이렇게 썼는지 확실히는 모르겠지만 왜 이렇게 썼는지는 짐작 가는 바가 있다. 축구나 야구, 배구나 농구처럼 일명 '샤우팅'이나 '파이팅'이 넘치는 구기 종목이 아닌 피겨는 이른바 '예술적인 스포츠'에 해당된다. 음악에 맞추어 연기를 펼치는 선수를 배려해 선수의 입장과 퇴장, 그리고 고난도 기술을 시전할 때 빼고는 환호성이 암묵적으로 금지된다. 2014년 소치 올림픽 이전에 남녀, 싱글 피겨스케이팅에서는 가사가 있는 곡을 배경음악으로 선택할 수조차 없었다. 경기장에서 클래식이나 가사 없는 팝페라, 재즈 선율이 고고하게 흐르는 동안에는 캐스터인 나도 가급적 꼭 필요한 말만 가만가만 이어가야 했다. 선수와 관중의 몰입을 방해하지 않는 선에서 재빨리 치고 빠지는 게 중요했다.

하지만 제아무리 점잖은 분위기가 풍기더라도 스포츠는 스포츠고 경기는 경기다. '활기차고 격조 있고 깊이 있게'라는 다짐은 경기 '관람'과 프로그램 '감상'의 중간쯤에서 제작진이 원하는 약간은 더 '활기차게' 진행하라는 요구와 시청자와 피겨 마니아가 바라는 그래도 그만큼 '격조 있게', 그리고 개인적인 목표인 조금씩 점차 '깊이 있게' 중계하고 싶다는 '활기', '격조', '깊이'라는 삼박자의 균형을 잡으려 노력한 흔적이었다.

'이 말이 비단 스포츠 중계 때에만 적용되는 말일까? 일상에서도 마찬가지인 거겠지?'

나이가 들어도, 세월이 흘러도 여전히 활기차게 살 수 있다면 얼마나 기쁘고 감사할까. 나이가 들어감에 따라, 세월이 흐름에 따라 격조를 갖추는 삶이라면 얼마나 풍요롭고 여유로울까. 나이만큼과 세월만큼의 깊이를 품고 있는 일상은 얼마나 또 잔잔하며 평온할까. 생각하니 입가가 절로 살며시 올라갔다.

이때를 놓칠세라 다시 책상 앞에 앉아 컴퓨터를 켜고 한글 파일을 열었다. 인생의 반환점을 돌기 전에 진짜 어른이 되고 싶었는데, 주름만 늘었지 아직 철들지 못한 어른아이 같다 싶었는데, 지금의 나의 고민과 옛 수첩에서 건져 올린 말은 어쩐지 따로 떨어져 있지 않는 것 같아 보였다. 따로 또 같이 변신과 분리가 가능한 아이의 트랜스

포머 로봇처럼 지금의 소확행거리들이 잊고 있던 다짐과 '찰떡 합체'가 되는 느낌이었다. '꽤 괜찮은 어른'으로서 소소하고 확실한 행복을 찾아 떠나는 길 중간 중간 이정표로 삼으면 좋을 것 같았다.

'운동과 동호회 활동은 활기차게, 독서와 산책은 격조 있게, 글쓰기와 연금테크는 깊이 있게 하면 되겠구나!'

이렇게 우연히 발견한 글귀는 마음속으로 쏙 들어왔고 중계를 은퇴한 지금, 소확행 표어로 재탄생했다.

책을 읽으며 때로는 '맞아, 맞아. 소확행은 장소불문이지' 생각하며 고개를 끄덕일 수도, 어떤 대목에서는 '어, 이거 소확행이야 자기개발이야?' 목을 갸웃거릴 수도, 간혹 '에이, 회사 다니면서 무슨. 그냥 퇴근이 답이지' 싶어 머리를 가로저을 수도 있겠다 싶지만, 여기 '진짜 어른이'가 되고 싶어 찾아낸 지극히 사소하고 개인적인 소확행 거리들을 같이 수다 떨듯 편하게, 아무런 부담 없이, 그냥 나누고 싶다.

끝으로 사랑하는 엄마, 늘 그리운 아빠 그리고 나의 뮤즈 차차에게 고마운 마음 보낸다.